그래도 나에게는 **자유**가 있다

– 직장인 남미로 훌쩍 떠나다 –

남미편

그래도 나에게는 **자유**가 있다
– 직장인 남미로 훌쩍 떠나다 –

초판 1쇄 인쇄일 2016년 6월 5일
초판 1쇄 발행일 2016년 6월 17일

지은이 박태준
펴낸이 양옥매
디자인 이윤경
교 정 조준경

펴낸곳 도서출판 책과나무
출판등록 제2012-000376
주소 서울특별시 마포구 방울내로 79 이노빌딩 302호
대표전화 02.372.1537 **팩스** 02.372.1538
이메일 booknamu2007@naver.com
홈페이지 www.booknamu.com
ISBN 979-11-5776-191-3(03950)

이 도서의 국립중앙도서관 출판시도서목록(CIP)은 서지정보유통지원 시스템
홈페이지(http://seoji.nl.go.kr)와 국가자료공동목록시스템
(http://www.nl.go.kr/kolisnet)에서 이용하실 수 있습니다.
(CIP제어번호 : CIP2016011662)

그래도
나에게는
자유가
있다

남미편

직장인 남미로 훌쩍 떠나다

PERU
BOLIVIA
CHILE
ARGENTINA

글·사진
박태준

책과나무

오늘이 우리에게 가장 젊은 날

17살 겨울 방학이었다. '베이징 올림픽 금메달리스트'를 꿈꾸며 중학교 때부터 시작했던 운동을 여러 사정으로 그만두게 된 후, 나는 자괴감에 빠졌다. 4년이란 시간, 그러니까 내 학창 시절의 3분의 1은 전부 운동이었다. 그리고 나의 초록빛 미래를 꿈꾸는 소중한 시간이었다. 한동안 패배감에 휩싸여 살아가던 내게 무슨 바람이 불었는지, 문득 이러다간 안 되겠다는 생각이 들었다. 내 삶의 터닝 포인트가 필요했다.

혼자 고민하던 내게 무작정 훌쩍 떠나고픈 생각이 일었다. 나를 아는 사람이 아무도 없는 곳, 그곳에서는 새로운 희망을 꿈꿀 수 있을 것만 같았다. 그리고 그곳에서는 모든 것이 도전이고, 모험으로 가득 찰 것만 같았다. 나는 무심코 부모님께 혼자 일본 배낭여행을 다녀오겠다고 말씀드렸다. 지금 생각하면 어디서 그런 용기가 생겼는지, 신기하기만 하다. 부모님은 많은 걱정을 하셨지만, 온실 속의 화초로 크면 안 된다는 확고한 교육관 아래 고개를 끄덕이셨다. 도전해 보라고 하신 것이다. 그렇게 17살 겨울 방학, 무심코 내뱉은 말이 현실이 되어 나는 혼자 오사카로 떠날 수 있었다.

당시 나는 일본어는 물론이고 영어회화도 못하였다. 그래서 '여행'이라기보다는 '도전'이라 표현하는 것이 더 정확할 것이다. 당시 같은 반 친구들은 "야쿠자를 만나면 죽는다.", "여권 잃어버리면 한국에 영영 못 돌아온다.", "물가가 10배나 비싸 컵라면만 먹어야 한다." 등 숱한 괴담으로 나를 공포로 몰아넣었다. 그 때문인지, 나는 여행 전날까지도 악몽에 시달려야 했다.

그리고 출발 당일. 나는 만반의 준비를 마쳤다. 속옷에는 여권을 숨기고 신발 밑창에는 얼마 되지 않는 엔화를 꽁꽁 숨겼다. 집안 형편이 넉넉하지 않아 숙소비를 제외하고 하루에 쓸 수 있는 돈은 고작 1,000엔이 전부였다. 하지만 2주 동안 오사카, 고베, 교토 등 이곳저곳을 돌아다니며 나름 알차게 여행을 하였다. 아무런 정보도, 계획도, 예약도 없이 무작정 떠난 여행이었지만, 현지에서 좋은 분들도 만나고 일본어도 짬짬이 공부하며 행복한 시간을 보낼 수 있었다.

그때 이후로 나는 방학 때마다 몽골, 중국 등지로 배낭여행을 떠났다. 그리고 여행에서 돌아오고 나면 "나는 무엇이든지 할 수 있다."라는 큰 자신감을 갖게 되었고, 여행은 책에서는 배울 수 없는 것들을 나에게 직접 가르쳐 주었다. 그리고 나 스스로 느끼게 해 주었다. 내가 많은 곳을 여행 다닐 수 있던 것은 결코 돈이나 시간이

2005년 첫 배낭여행

많거나 외국어 회화를 잘해서가 아니다. 그냥 가고 싶다는 확고한 생각, 그 하나만이 나로 하여금 세계 이곳저곳을 누비게 했다. 나를 움직이는 동력은 물리적인 여유가 아닌 정신적인 의지였던 것이다.

이 책은 철없던 고등학교 시절, 친구들과 함께 우연히 보게 된 영화 〈모터사이클 다이어리〉에서 끝없이 펼쳐진 남미의 자연을 보고 깊은 감명을 받은 내가 10년 후 마침내 남미 여행의 꿈을 이루면서 집필한 것이다. 나는 이 책에 남미를 종주하면서 겪은 사건들과 아름답게 펼쳐진 남미의 자연을 시간 순대로 과감없이, 또 빠짐없이 적었다. 더불어 택시강도를 당하는 등 기상천외한 사건들로 인해 위험에 빠졌지만, 그때마다 구세주처럼 등장해 도움을 주신 고마운 분들과의 추억도 함께 담았다.

지금 살아가는 오늘이야말로 우리에게 가장 젊은 날이다. 이 글을 읽는 독자분들이 필자보다 더욱 훌륭한 생각을 갖고 계신 분일 거라 생각한다. 이 책을 통해 독자분들이 물리적인 여유보다는 정신적인 의지가 중요한 것임을, 그리고 오늘이 우리에게 가장 젊은 날임을 깨닫고, 새로운 세계에 대해 도전할 수 있는 용기를 갖게 되었으면 좋겠다.

2016년 6월

박 태 준

CONTENTS

🕐 3부
차가움과 따뜻함이 공존한 볼리비아

PERU

BOLIVIA

CHILE

ARGENTINA

· 1부 ·

무작정 남미로
떠나다

...

2005년 어느 여름날

지금으로부터 10년 전, 아스팔트 도로가 모두 녹아 흘러내릴 듯한 어느 무더운 여름날. 여름방학이라 집 안에만 있던 나는 따분함과 심심함으로 이미 심신은 지칠 대로 지쳐 있었다. 게다가 저번 달용돈까지 가불하여 자전거 여행에 썼던 터라, 이번 여름방학은 영락없이 집에 틀어박혀 공부만 해야 했다. 책상에 앉아 수학책을 펼쳤지만, 그림인지 글자인지 모를 부호들이 아른거리다가 이내 시야에서 사라졌다.

책상에서 의문의 부호들과 힘겨운 사투를 벌이고 있었던 나는 문득 같은 반 친구가 말해 준 '헌혈봉사'가 떠올랐다. 집 근처 적십자 병원에서 헌혈을 하면 영화관 티켓을 준다는 그 말이 반짝하고 내머리를 스쳤다. 입가에 미소가 번진 나는 나와 비슷한 처지의 친구들에게 전화를 걸었다. 고급정보를 넘겨받은 친구들은 속속 동네

놀이터로 모여들었다. 그리고 우리는 생애 첫 헌혈을 한다는 설렘을 안고 비장한 표정으로 성큼성큼 적십자병원으로 향했다.

조그마한 목소리가 울릴 만큼 텅텅 비어 있는 병원 안. 겁에 질린 17살의 시커먼 꼬맹이들은 자의 반 타의 반으로 줄을 서서 헌혈 준비를 하고 있었다. 그중 이 일의 주동자격인 나는 친구들에게 등 떠밀려 가장 먼저 몸에 바늘을 꽂아야 했다. 순간 간호사 누나의 미모에 마음이 두근거린 나는 침대에 누워 애써 태연한 척하며 바늘을 맞이했다. 그런데 내 몸은 내 생각대로 움직이질 않았다. 두 눈은 어느덧 질끈 감기고 입술은 파르르 떨리고 있었다. 차디찬 금속 바늘이 내 혈관을 뚫고 오는 순간, 입가에서는 비굴한 신음소리만이 나지막이 흘러나왔다. 저 멀리 애들은 배꼽을 잡고 나뒹굴고 있었다. 곧 다가올 자신의 운명도 알지 못한 채…….

난 실눈을 뜨고 하얗게 질린 팔뚝을 바라보았다. 혈액채취기계는 힘차게 왕복운동을 하고 있었다. 검붉은 피와 함께 내 영혼도 빠져나가는 것 같았다. 영혼이 사라지는 듯한 고통을 감수하고, 마침내 17살의 시커먼 꼬맹이들은 크림 과자 두 봉지와 이온음료를 두 손에 쟁취할 수 있었다. 그리고 꿈에 그리던 영화티켓을 얻었다.

우린 스스로의 힘으로 얻은 영화표를 가지고 위풍당당하게 영화관으로 향했다. 평일 오후 극장은 한산했다. 막상 영화를 본다고 생각하니, 우리는 어떤 영화를 보는 게 좋을지 몰라 망설였다. 그렇게 행복한 고민이 계속되자, 은근 초조한 마음이 불쑥 고개를 내밀었다. 나 역시 결정 장애가 있던 터라 망설이고 있었는데, 개봉한 지 오래돼 보이는 영화 포스터 하나가 눈에 들어왔다. 행복한 표정의 남자 두 명이 오토바이를 타고 드넓은 광야를 달리고 있는 포스터다.

　결정 장애 1, 2, 3들에게 이건 분명 명화일 것이라고 강력하게 주장하며 영화를 보러 갔다. 아무런 배경 지식 없이 보러 간 영화 〈모터사이클 다이어리〉는 나에게 남미의 광활하고 웅장한 자연과 풍경을 선물해 주었다. 영화를 관람하는 내내 대사와 줄거리는 눈에 들어오지 않았다. 그저 영화에 나오는 아름답고 이국적인 풍경들에 빠져 감동만 거듭할 뿐이었다.

　며칠간 영화 속 이색적이고 아름다운 남미의 풍경들이 머릿속에서 떠나질 않았다. 그로부터 며칠 뒤, 영화 내용이 궁금해진 나는 인터넷으로 영화에 대해 알아보았다. 남미의 해방 영웅 체 게바라의 젊은 시절, 남아메리카를 종주하며 생긴 에피소드를 그린 영화였다. 당시 의대생으로 의사를 꿈꾸던 그가 이 여행을 계기로 꿈을 전향하고 자신의 미래뿐 아니라 남미의 미래까지도 바꾸었다고 한다.

　그리고 나는 다시 혼자 영화를 보러 갔다. 두 번째 영화를 보았을 때, 체 게바라 사상의 옳고 그름을 떠나 그의 삶에 감동을 받았다. 늦은 저녁 영화가 끝나고 집으로 돌아오는 길, 10년 뒤에는 나도 반드시 남아메리카를 종주해 보겠다고 다짐을 했다. 그리고 그땐 나도 그 여행을 계기로 조금은 달라져 있지 않을까 생각하니, 입가에 미소가 번졌다.

...

어른이 된 지금

이번에 맡은 프로젝트는 생소한 업무라 오늘도 어김없이 야근이 이어졌다. 그리고 때늦은 퇴근길 버스 안, 차창에 얼굴을 기댄 나는 바깥 풍경을 지그시 바라보았다. 이 세상 모든 행복을 머금은 거리의 연인들, 아빠 손을 잡고 걸어가는 웃음기 가득한 꼬마아이, 식당 앞 화목해 보이는 한 가족의 풍경이 창 밖에 스쳤다. 타지에서 혼자 자취 생활을 하는 나와는 거리가 먼 따뜻한 풍경이었다.

40분쯤을 달려 도착한 집. 현관문을 열고 들어서자, 추위가 머물러 있는 공허한 방이 어두운 풍경으로 나를 반겨 주었다. 나는 습관적으로 TV를 켜고 뜨거운 물로 샤워를 하고 나왔다. 그리고 부엌 밑에서 미지근한 캔맥주를 들고 거실 바닥에 앉아 TV 리모컨을 괴롭히기 시작했다. 항상 쫓기는 듯한 생활과 비슷하게 채널들을 마구 돌려댔다.

맥주 캔을 절반정도 비었을 때쯤, 나는 채널을 고정하였다. 10여 년 전 극장에서 봤던 영화가 화면을 채우고 있었다. 〈모터사이클 다이어리〉다. 미지근한 캔맥주만큼이나 미지근해진, 아니 그보다 더 차갑게 식어 버린 나와는 달리 영화 속 주인공들은 10년 전과 같이 열정과 낭만은 그대로이다. 영화를 보는 도중 흘려보낸 지난 10여 년의 시간들이 주마등처럼 스쳤다. 고등학교 졸업 후 사회 전선에 뛰어들어 인생이란 무대 위에서 강제퇴장을 당하지 않기 위해 치열하게 살아왔던 나날들. 열심히 달리며 살아왔다고 생각했지만 제자리걸음인 것 같은 무채색의 나의 청춘들. 이제는 아무것도 아닌 게 되어 버린 10여 년 전 꿈꿔 왔던 나의 다짐들……

남은 맥주를 마시고 나는 그 자리에서 그렇게 잠들었다.

...

무작정, 무리하게

　다음 날, 나는 아무도 모르게 남미로 떠나는 비행기 티켓을 예약
했다. 가격은 저렴하지만 환불하면 어마어마한 패널티를 물어야 하
는 항공권이었다. 대체 어디서 그런 용기가 나왔을까? 반드시 가겠
다는 의지가 불꽃처럼 일었다.

　요즘 회사 내부에서는 목표 달성과 성공적인 프로젝트를 위해 모
든 임직원이 한곳을 보고 달려 나가고 있었다. 그런 분위기와는 상
반되게 휴가를 사용하려는 것이 눈치도 보이고 마음도 불편했다.
그러나 무작정 가야겠다는 욕망과 지금이 아니면 안 될 것 같다는
생각이 그러한 걱정들을 이겨 냈다.

　나는 선 예약 후 허락 작전을 썼다. 무모한 예약만큼이나 무모한
계획이었다. 그만큼 정말 가고 싶었다. 루트나 어떠한 계획, 예약
없이 무작정 한 달간의 기간으로 남미 북단인 페루 리마로 입국하여

남단인 부에노스아이레스로 나오는 일정이었다. 이 역시도 무모한 예약만큼이나 무모한 도전이었다.

하지만 제일 중요한 관문이 남아 있었다. 이렇게 길게 월차를 사용하려면 회사의 승인이 있어야 한다. 평소 친동생처럼 아껴 주던 선배들이지만 이렇게 길게 자리를 비운다는 것을 허락해 주기에는 다소 무리가 있다는 걸 나도 알고 있었다.

'행여나 이 일로 직장 동료들에게 피해가 가면 어쩌지? 예약까지 다했는데 승인되지 않으면 어쩌지?'

무작정 예약은 했지만, 막상 저지르고 보니 상상 속에서는 두려움들이 나를 집어삼키고 있었다. 일단 가장 가까운 선배에게 면담을 신청했다.

"선배님, 저 이번 여름에 휴가를 좀 다녀오려고 하는데…….."

"얼마나?"

"한 달 정도요."

사실 나에게는 예전에도 비슷한 전적이 있었다. 유럽 배낭여행을 가겠다고 휴가를 내고, 징검다리 연휴 때이면 연차를 사용하여 외국으로 배낭여행을 떠나곤 했다. 그때마다 항상 조심히 다녀오라고 격려해 주던 선배인데, 이번에는 적지 않게 당황하신 것 같았다.

"태준아, 이건 나 혼자 결정할 수 있는 게 아닌 것 같다. 부장님께 내가 여쭤 볼게."

나는 출력해 놓은 티켓을 선배에게 보여 드리며 말했다.

"값싸게 나온 항공권이라 놓치기 싫어 일단 구입해 놨습니다. 선배, 어려운 거 알지만 부탁 좀 드리겠습니다."

나는 그렇게 다시 업무에 복귀했다.

그리고 며칠 뒤, 선배를 만났다. 나는 언뜻 어떻게 진행되어 가는지 묻고 싶었지만, 차마 염치가 없어 애써 입을 닫고 있었다. 이런 간지러움을 알고 계셨을까, 선배가 먼저 말을 꺼냈다.

"태준아, 내가 여쭤 봤는데, 흠……."

선배의 말끝이 가느다랗게 흐려지는 것을 본 나는 긍정적인 답변을 기대하지 않았다.

"그렇지요? 회사가 많이 바빠서 조금 힘들겠지요?"

그런데 선배가 나지막이. 말을 흘렸다.

"그렇긴 하지만 모두 허락을 하셨다. 다녀와서 열심히 하자."

나는 내 귀를 의심했다. 듣고도 믿기지 않아 다시 선배에게 되물었다.

"그게 무슨 말씀이세요?"

"다녀오라고. 출발하기 전에 모여서 밥 먹자."

순간, 믿기지 않을 만큼 큰 감동이 밀려왔다.

사실 특정 직업을 제외한다면 대한민국 대다수의 직장인이 한 달 동안 자리를 비운다는 것은 어려운 일이다. 나 역시 그중 한 사람이다. 하지만 나를 아껴주는 선후배님들 배려로 가능하게 되었다.

새삼 깨닫는다. 나는 인복이 많은 사람이구나. 늘 감사한 마음이다.

삼성맨, 머리를 탈색하다

　이번 여행은 인증샷을 통하여 SNS의 댓글수로 점쳐지는 행복이 아닌, 나 스스로가 행복함을 느끼는 여행을 하고 싶었다. 그리고 나 자신을 바꿔 보고 싶다는 생각이 들어 여러 차례 고민 끝에, 머리색을 바꾸기로 생각했다. 물론 지극히 평범했던 나는 수많은 사람들의 눈길, 무시하지 않을 수 없었다. 그리고 수천 명 중 단 한 사람으로 튈 자신도 없었다. 하지만 나의 장점인 강력한 추진력과 실천력으로 3분의 고민 끝에 세 번의 탈색 과정을 거쳐 백발에 가까운 머리가 되었다. 거울을 보니 아직 어색했지만, 변화한 모습에 마냥 웃음이 나왔다.

　여행 떠나기 전 출근해서 조심스럽게 문을 열고 사무실 안으로 들어갔다. 수십 개의 눈동자들이 나를 향해 있었다. 사람들의 눈빛 속에서는 알 수 없는 무언의 외침들이 서려 있었다. 그리고 우려했던 점심시간이 어김없이 찾아왔다. 수백 명이 식사를 하는 회사식당에서 나는 순식간에 사내에서 '별난 놈'이 되어 버렸다. 지금까지 중간만큼만 갔던 나의 인생에서 처음으로 세상 앞에서 벌거벗은 기분이었다. 많은 이목이 쏠려 부끄러웠지만, 역설적으로 나 스스로의 틀을 깨고 나온 계기가 되었다.

변신 후 첫 셀카

...

계획 · 예약 NO! 무작정 떠나다

  비행기티켓 예매 이외에는 별도의 계획이나 별 다른 예매 없이 머나먼 그곳, 남미로 떠나는 내게 조금의 두려움이나 걱정이 없었다면 당연히 그것은 거짓말일 것이다. 나는 사내게시판을 통해 세계의 각국으로 파견을 나간 지역연구가분들의 글들을 짬짬이 읽어 보았다. 현지에서 1~2년간 생활하면서 얻은 정보를 공유하고 있어, 일반 포털 사이트의 카페나 블로그보다는 더욱 상세하게 그 국가의 역사, 여행지 등 모든 정보를 공부하기에 아주 적합했다. 계획과 예약은 하지 않아도 여행지에 대한 기본 정보와 준비물은 챙겨야 하는 법!

  출발이 얼마 남지 않은 어느 날, 나는 미리 여행 가방을 챙겼다. 짐은 짐이 되니, 최대한 부피를 줄였다. 여행에서는 기동력이 생명이다. 그래서 캐리어는 써 본 적이 없다. 모든 소모품 및 의류들은 현지에서 구매해 현지에서 다 쓰거나 쓸 만한 것들은 구입하여 사용하다가 기념품 삼아 챙겨 온다. 지금 입은 속옷도 베트남 여행에서 구입했던 것이다.

일단 의류부터 준비했다. 7월의 현지는 겨울이다. 그래서 경량 패딩 하나, 청바지 하나, 반팔 티 한 장, 추리닝 바지, 속옷 1개, 양말 한 켤레를 챙겼다. 가방을 들어 보니 벌써 무겁다. 거기에다 미러리스 카메라, 백업용 USB 메모리, 대용량 보조배터리, 셀카봉, 삼각대, 멀티탭, 모자, 선글라스, 안경, 선크림, 진통제 2알, 스페인어 회화책 그리고 항공권과 비자 서류 등을 챙겼다.

배낭이 워낙 커 절반 정도 채웠지만, 무게가 자그마치 4kg이나 나갔다. 눈을 씻고 찾아봐도 더 이상 추가했음 했지, 뺄 것이 없었다. 그나마 진통제나 각종 상비약을 안 가져가더라도 그만이지만, 무게 차이는 미미해 빼지 않고 그대로 넣어 두었다.

나의 짐은 매우 간소했다

짐을 다 싸고 무게를 재 보니 5㎏ 정도 나간다. 이걸 메고 돌아다
닐 생각을 하니 아찔했다. 훗날 알게 된 사실이지만, 다른 여행자와
비교했을 때 나의 배낭은 깃털 같은 무게였다.

돈은 근처 은행에서 600달러 정도 환전했다. 아르헨티나에서는
달러를 인출할 수도 없고, 공식 환율과 암 환율 시장이 1.5배 정도
차이가 나므로 반드시 달러를 꼭 챙겨 가야 했다. 돌이켜 보면 달
러는 아르헨티나 입국 전 인접 국가에서 뽑았던 게 더 좋은 방법 같
다. 나는 환전한 달러를 가방 깊숙이 넣었다.

여행을 떠나기 전날, 같은 사무실에서 일하는 동훈이 형과 형수
님이 잘 다녀오라고 회사 후문 앞 자주 가던 식당에서 점심을 사 주
셨다. 내외분은 여행을 가면 한국 음식이 그리울 테니 많이 먹으라
고 했다. 난 그때 몰랐다. 그 두루치기가 얼마나 그리울지……

나는 한 달 동안 자리를 비우게 된 만큼 그동안 해온 업무를 잘 정
리하고 직장 상사분들에게 인사를 드렸다. 모두들 나의 여행을 응
원해 주셨다. 오전 퇴근을 한 뒤 오토바이를 타고 집으로 향했다.
그날 나의 오토바이의 계기판의 눈금은 최고속을 찍었다.

집에서 허겁지겁 가방을 챙겨 인천공항으로 갔다. 도착하니 성수
기 때만 이용하던 공항이라 관광객들이 붐빌 줄 알았는데, 이상하
게도 한산하여 기분이 묘했다. 항공사에 줄을 섰는데, 항공사 직원
이 나에게 다가와 좌석봉사승객을 구한다고 한다. 자초지종을 물어
보니 오버 부킹이 되어 다음 날 출발할 승객을 찾는데, 호텔 1박 숙
박권과 다음 날 비즈니스석으로 업그레이드시켜 준다고 한다. 뜻밖
의 좋은 조건의 제안은 아주 솔깃했으나 겨우 한 달 휴가를 얻은 내

게 단 하루라도 시간은 금과 같았기에 무조건 오늘 출발해야 했다. 나는 아쉬운 마음을 애써 접고 제안을 거절해야 했다.

발권을 마치고 부칠 수화물이 없어 바로 출국수속을 밟으러 갔다. 인천공항은 짐을 검사하고 출국심사를 마치면 바로 커다란 면세점들이 나온다. 이 면세점 단지를 볼 때마다 나는 늘 설렌다. 드디어 여행의 시작인 것이다. 나는 라운지에서 허기를 달래고 각종 전자기기들을 충전하는 동안 지인들에게 연락을 하며 안부 인사를 전했다. 평소에 내색을 안 하시던 어머니는 부디 안전하게 다녀오라고 신신당부를 하셨다.

비행시간이 다가와 항공기에 탑승했다. 설레는 마음을 부여잡고 있을 쯤, 비행기는 굉음을 내며 활주로를 박차고 하늘로 이륙했다.

'정말 내가 남미를 향하고 있구나.'

나는 지그시 눈을 감고 앞으로 내게 주어질 여행의 시간들을 상상해 보았다. 아마존도 가고 싶고, 마추픽추도 올라가고 싶고, 트레킹도 해 보고 싶다. 머지않아 시작될 나의 즐거운 미래에, 입가에는 어느샌가 웃음이 번지고 있었다.

· 2부 ·

페루에서 만난 거대한 자연

리마

남미대륙에 첫발을 내딛다

　이른 새벽, 비행기는 리마공항에 무사히 착륙했다. 오늘따라 비행기 활주로는 카스텔라처럼 부드러웠다. 게이트가 열리고 늘 여유롭게 비행기에서 마지막으로 내렸던 나는 조금이라도 빨리 페루를 만나 보고 싶은 마음에 서둘러 비행기에서 내려, 낯선 언어로 표시되어 있는 안내판을 따라 나섰다. 그리고 잠시 거리에 멈추어 서서 눈을 감고 이 기분을 만끽해 보았다. 음, 낯선 도시의 향이 느껴진다.

　남미 종주의 꿈을 가졌던 소년이 10년 만에 남미 여행의 시작인 페루에 도착한 것이다. 입국심사대에는 인상 좋아 보이는 배불뚝이 아저씨가 "올라!"라고 인사하며 반겨 준다. 미국과는 사뭇 상반되는 분위기이다. 별다른 질문 없이 심사관 아저씨는 나를 통과시켜 주었다.

　입국 후 공항출구로 나왔다. 7월의 차가운 공기는 이곳이 지구반대편이라는 것을 느끼게 해 주기에 충분했다. 일정과 계획이 없던 나는

남미의 향기가 느껴진 새벽녘의 리마 공항

일단 아마존이 가고 싶었다. 페루 북부에 아마존 입구인 '이키토스'라는 도시가 있는데! 생각이 여기에 미치자, 나는 교통수단 예약을 하지 않은 상태이기에 공항에서 나가지 않고 공항 한편에 있는 비행기 티켓 판매소로 발걸음을 옮겼다.

비행기 티켓을 구매하려면 대체적으로 스케줄을 잡아야 한다. 나는 고민 끝에 5일 뒤 아마존으로 가는 항공권과 아마존에서 돌아오는 당일, 쿠스코로 향하는 항공권도 같이 예약했다. 그런데 생각보다 항공권이 비싸다. 내국인은 상당히 싼 금액으로 항공권을 구매할 수 있으나, 외국인에게는 내국인에 비교해 2배 넘는 가격을 책정한다. 난 스페인어나 영어를 능숙하게 구사하지 못하였지만, 항공권을 예약하는데에는 핸드폰에 있는 스페인어 사전과 나의 보디랭귀지만으로 충분했다. 생각보다 쉽게 항공권을 예약하니, 마음이 한결 가벼워진 기분이다. 이제부터 꿈에 그리던 남미 여행을 즐기자!

꿈은 언젠가는 이루어진다.

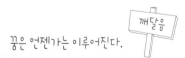
깨달음

리마

걱정 말아요 그대

목적지를 결정하고 온 것이 아니었기 때문에 도착하자마자 오늘의 목적지를 결정해야 했다. 곰곰이 고심한 끝에, 오늘의 행선지를 '와카치나 사막'으로 결정했다. 와카치나 사막으로 가려면 '이카'라는 도시를 가야 하기 때문에 공항에서 나와 택시를 타고 리마에서 유명한 크루즈 델 수르 터미널로 갔다.

버스표를 예약하려는데, 버스회사 직원이 말하기를 좌석이 모두 매진이라고 한다. 엇! 버스가 매진이라니……. 이른 아침이라 당연히 자리도 넉넉할 것이라고 생각했는데, 전혀 예상치 못한 상황이다. 그럼 나는 오늘 어디로 가야 할까? 생각을 정리하다가 버스회사 직원에게 오늘 이카로 갈 수 있는 방법을 물어보니, 직원은 아무렇지 않은 듯 근처에 있는 다른 버스터미널로 가란다.

"응? 다른 버스터미널?"

페루는 우리나라처럼 공용 버스터미널이 아니라 각각의 버스회사가 독자적으로 버스터미널을 보유하고 있다. 물론 공용 터미널이 존재하는 곳도 있지만, 터미널 사용료를 내야 한다.

나는 또다시 택시를 타고 다른 터미널로 이동했다. 천만다행으로 이곳에는 이카로 가는 버스 자리가 넉넉하단다. 나는 재빠르게 이카행 버스표를 구입하여 버스에 올라탔다. 리마의 하늘은 잿빛이다. 건물도 잿빛이다. 헝가리의 부다페스트는 날씨만 잿빛이었는데, 여기는 모두 잿빛이다. 우울한 날씨지만 무사히 이카행 버스에 올라탄 것만으로 미소가 지어진다.

리마에는 버스회사별 터미널이 존재한다

모든 곳에는 길이 있다.

와카치나

사막에서 짜릿함을 느끼다

　이카는 페루의 수도 리마에서 300㎞ 떨어진 곳에 있으며, 주변에는 온통 황량한 모래먼지가 날리는 사막도시이다. 이카에 도착하자마자 삼륜오토바이를 타고 와카치나 사막으로 들어갔다. 와카치나 사막은 이카 시내에서 5㎞ 떨어진 곳에 있다.

　5분 정도 지나 도시의 풍경은 금세 사라지고, 사막이 떡하니 나타났다. TV에서만 보던 사막이다! 이 사구에서 뒹굴 생각에 벌써부터 가슴이 두근거린다. 그렇게 설레는 가슴을 안고 10분 정도를 더 달려 와카치나 오아시스마을에 도착했다.

　마을을 둘러싼 사구들을 바라보았다. 파란색 하늘과 붉은색의 사구, 이 두 가지 색상만으로도 충분히 아름다운 풍경을 자아냈다. 붉은 사막은 하늘을 더욱 파랗게, 파란 하늘은 사막을 더욱 붉게 보이게 하여 오직 눈으로만 담을 수 있는 색감을 연출한다. 숙소부터 알아봐야 하지만, 나는 낭만에 젖어 천천히 오아시스마을을 걸었다.

마을은 생각보다 관광객들이 적어 조용했다. 마을 한가운데 있는 오아시스는 물이 맑지는 않았지만, 어린아이들이 물놀이를 즐기고 있었다. 다른 한편에서는 아이들이 사구에서 샌드보딩을 하고 있었다. 다소 위태로워 보이는 속도이지만, 신기하게도 다들 능숙하게 샌드보딩을 즐기고 있다.

조금 더 걷다 보니 조그마한 호스텔이 나왔다. 조심스레 들어가 가격을 보니 정찰제였다. 일단 바가지는 안 쓰겠다는 생각에 4인 도미토리를 계산했다. 방은 청소 중이라 가방을 내려놓고, 마침 해먹이 있어 그곳에 누웠다. 파란 하늘을 보며 이어폰을 꼽고 좋아하는 음악을 들었다. 긴장이 풀리니 온몸이 나른해지면서 스르르 감기는 눈을 주체할 수 없었다.

와카치나 사막의 모래는 비단같이 부드러워 샌드보딩을 즐기기에 적합했다

하늘에 오렌지색 파스텔을 문지른듯한 사막의 노을

사막 한가운데 위치한 와카치나 오아시스 마을

많은 사람들이 물놀이를 즐기는 오아시스

얼마나 잠이 들었는지 몰랐다. 그래도 아직 태양이 쨍쨍 내리쬐는 것을 보니 다행히도 오랫동안 잠든 것 같지는 않았다. 나는 가방을 챙겨 방으로 올라갔다. 바닥에 모래가 찌걱찌걱하고 밟히는 것이, 이곳이 사막에 위치한 호스텔인 것을 실감나게 한다.

사막의 치타 "버기카"

2층 침대에 짐을 풀고 곧바로 로비로 내려온 나는 사막을 내달리는 버기카 투어를 신청했다. 버기카 투어는 '버기'라고 불리는 4륜구동차를 타고 모래사막을 질주하며 샌드보딩을 즐기는 스릴만점의 레포츠 투어다. 마침 일몰시간과 겹쳐 좋았다. 출발은 4시 정각, 호스텔 앞이다. 시간이 얼마 남지 않아 가방에 카메라를 챙겨 내려온 나는 로비에서 음악을 들으며 투어출발을 기다렸다.

그때였다. 어디선가 익숙한 언어들이 이어폰 너머로 희미하게 들린다. 음악 가사인지 말소리인지 구별이 안 가 그대로 있었는데, 누군가 뒤에서 툭툭 내 어깨를 쳤다. 화들짝 놀라 뒤를 돌아보니, 두 명의 여성이 활짝 웃고 있었다.

"안녕하세요? 한국분이시죠?"

나는 경계심을 풀고 인사를 했다. 여성 두 분은 호스텔 게스트 명단에 한국인의 이름이 적혀 있어 반가운 마음에 말을 걸었다고 했다. 우리가 통성명을 하는 중, 남자 한 분이 한국말을 듣고는 우리에게 반갑게 인사를 했다. 한국인이 마침 한 명 더 있었던 것이다. 우리는 버기카 투어 시간도 같아 이번 투어를 같이하기로 했다.

호스텔 앞에는 마치 공룡 같은 큰 덩치의 버기카가 자리 잡고 있었다. 우리는 4명이라 서둘러 버기카의 제일 끝에 쪼르륵 앉았다. 심장소리와 비슷한 버기카의 엔진소리는 나를 더욱더 들뜨게 했다.

사람들이 모두 탑승하자, 버기카는 와카치나 사막으로 출발했다.

버기카 기사님은 연세가 많으신 할아버지였는데, 운전 실력이 대단하셨다. 버기카는 거친 숨을 몰아쉬며 사막을 내달리기 시작한다. 분명 바퀴가 빠질 만도 한데, 마치 포장도로를 달리듯 빠른 속도를 낸다. 버기카는 엄청난 속도로 사막을 질주하다 경사가 급한 사구로 돌진하여 시원스럽게 사구를 정복했다. 그러고는 곧장 급경사를 엄청난 속도로 내려갔다.

이게 바퀴가 굴러가서 내려온 건지, 아니면 미끄러져 내려온 건지 알 수 없을 만큼 커다란 사구에서 순식간에 내려왔다. 갑작스럽게 당한 아찔함은 말로 표현할 수 없을 만큼 스릴감 넘쳤다. 뒤집어질 것 같지만 뒤집어지지 않는 것이, 생각만 해도 오금이 저려 온다. 버기카는 조그마한 사구들을 지나 가장 큰 사구 정상에 올라가서야 멈춰 섰다. 그리고 기사님이 트렁크에서 샌드보드를 꺼냈다. 드디어 사구에서 샌드보딩할 시간이 다가온 것이다.

보드를 받은 나는 잘 미끄러지라고 보드의 밑바닥에 왁스를 듬뿍 발랐다. 그리고 모래로부터 가방과 신발을 지키기 위해 버기카 안에 두고는 보드를 타고 경사로로 간 후에 맨발로 샌드보드에 올라가 사구를 내려갔다. 한국에서 스노우보드를 타던 것처럼 갈 지(之)자로 내려오려고 했는데, 시작하자마자 보기 좋게 뒹굴고 말았다. 신발을 신지 않아 헐렁한 탓에 발에서는 어느덧 보드가 탈출하였고, 나도 중력의 힘에 따라 자연스럽게 바닥으로 나뒹군 것이다. 온몸이 모래로 가득 찬 느낌이었다.

이왕 이렇게 된 거, 넘어지는 대로 신나게 뒹굴고 놀았다. 모래의

입자는 잘고 고와 넘어져도 푹신했다. 사구는 경사가 급해 처음에는 무서웠지만, 한번 구르니 그 걱정은 싹 사라졌다. 그 순간만큼은 엄마한테 혼날 걱정 없는 어린아이처럼 신나게 놀았다.

보드를 들고 터벅터벅 사구로 올라가는 도중 문득 고개를 들어보니 석양이 지고 있었다. 사막과 하늘 모두 오렌지 빛의 천국이다. 보드를 잠시 내려놓고 모래언덕에 걸터앉아 노을을 바라보았다. 기분이 슈거파우더만큼이나 달달하다. 하늘이 이렇게도 예쁜 빛깔을 뽐낼 수 있다는 사실에 새삼 놀랐다. 정말 아름다운 사막의 노을이다.

버기카 투어 시 가장 뒷자리에 앉자.

와카치나

해피아워란?

버기카 투어가 끝난 뒤, 우리 일행은 굶주린 배를 안고 식당가로 향했다. 어떤 것을 먹어야 할지 메뉴 선택이 어려워 두리번두리번하다가 손님이 제일 많이 있는 곳으로 들어갔다. 그중 각자 제일 맘에 드는 음식을 시킨 후, 페루에서 꼭 마셔야 할 세계적인 칵테일 pisco sour를 4잔 주문했다. 얼마 지나지 않아 pisco sour가 8잔이 나왔다.

"엇! 우리는 4잔만 주문했는데?"

웨이터는 한껏 여유로운 미소로 '해피아워'라고 말한다. "뭐야? 즐거운 시간이라고?" 어떤 상황인지 이해가 되지 않았다. 나는 인터넷으로 웨이터가 남긴 의미심장한 한마디 'HAPPY HOUR'를 검색해 보았다. 'HAPPY HOUR'란 음식점에서 하루 중 고객이 붐비지 않은 시간대를 이용하여 저렴한 가격 또는 무료로 음료나 스낵을 제공해 주는 서비스를 뜻하는 것이었다. 그래서 식당에서는 pisco sour를 한 잔씩 무료로 제공한 것이었고 거기에다가 우리가 일인당 한 잔씩을 더 주문했으니 8잔이나 되었던 것이다.

게다가 pisco sour는 얼마나 독한지, 알코올 도수가 35~45도로 생각보다 높았다. 다들 술을 못하는 터라 8잔은 고스란히 남는다. 무식한 것이 죄다. 갑자기 본전을 뽑아야겠다는 생각에 3잔을 연거푸 들이키니 취기가 살며시 고개를 내민다. 앞으로 반드시 해피아워 시간을 확인하고 음식을 주문해야겠다.

무식이 죄!

와카치나

맨발로 사막의 밤을 헤매다

오늘의 하이라이트를 계획했다. 바로 저녁에 사구에 올라가 와카치나 오아시스마을의 야경과 밤하늘의 무수히 박힌 별들을 보는 것이다.

나는 책에서 신발을 신고 모래언덕을 올라가면 일주일 동안 신발에서 모래가 나오는 마술을 볼 수 있다는 글을 읽은 적이 있다. 그래서 신발과 양말을 벗고 카메라를 챙겨 올라갔다. 하지만 올라가자마자 잘못된 선택임을 깨달았다. 차갑게 식어 버린 얼음장 같은 모래들이 나의 맨발에서 체온을 뺏어갔다. 게다가 올라갈수록 자꾸 미끄러져 10번을 올라가야 겨우 한 발자국 올라가는 것 같다. 안 하던 운동을 해서 그런지 체력적으로 매우 힘들었는데, 입안에서 피비린내까지 느껴진다.

정면 돌파는 아무래도 무리인 듯하다. 나는 한 마리의 꽃게가 되

깜깜한 밤 모래언덕에서 바라본 오아시스 마을의 야경

어 옆으로 기어 올라갔다. 1시간쯤 올랐을까, 눈물겨운 사투 끝에 드디어 정상을 정복했다. 나는 서 있을 힘이 남아 있지 않아 그 자리에 철퍼덕 주저앉았다. 아무것도 보이지 않는 새까만 사막의 밤, 그 앞에 와카치나 오아시스마을이 불을 밝히며 사막의 등대 역할을 해낸다. 하늘을 올려다보았다. 수많은 별들이 반짝이고 별똥별이 사막에 내려앉는다. 오직 사막에서만 느낄 수 있는 낭만이다.

하지만 낭만에 즐기고 있기에는 매우 춥다. 이대로 있다가는 저체온증으로 죽을 수도 있겠다는 생각에 번쩍 정신이 들었다. 어렵게 올라왔지만 무서운 생각에 하산을 결정했다. 올라갈 때는 1시간 동안의 사투를 해야 했는데, 내려가는 것은 진짜 금방이다. 나는 3분 만에 사구에서 내려왔다.

사구를 정복하려면 정공법보다는 우회법으로!

리마

사랑의 공원에서 사랑의 노래를 부르다

　이카에서 버스를 타고 리마에 도착한 뒤, 곧바로 사랑의 공원으로 이동했다. 15분쯤 걸으니 남녀가 사랑을 나누는 동상 하나가 나왔다. 그리고 그 뒤로 펼쳐진 광활한 태평양은 가히 이국적인 풍경이었다. 바닷가에서 태어나 살고 바닷가에서 일하는 나인데, 바다에 카리스마의 압도된 것은 생전 처음이었다. 특히나 컴컴한 바다의 하얀색 포말들은 매우 인상적이었다. 나는 공원 난간에 걸터앉아 드넓은 바다를 바라보며 음악을 들었다. 그리고 대범함과 소심함 사이의 목소리로 노래를 흥얼거리며 지금 이 순간을 즐겼다.

　노래 하나가 끝나고 다음 곡으로 넘어가는 정적의 순간, 이어폰 너머로 어디선가 익숙한 한국말이 들려왔다. 주위를 살펴보니 한국 사람으로 보이는 여자분 3명이 보인다. 순간 소울을 담아 열창하던 내 모습이 연상되어 부끄러워졌다. 어떻게 해야 할까, 그 찰나의 순

태평양을 배경으로한 리마의 관광명소 사랑의 공원

리마의 아르마스 광장

간 잠시 망설이던 나는 그냥 이어폰을 끼고는 한국 사람이 아닌 척했다. 노래를 멈추고 조용히 바다만 바라보고 있는데, 한 여성분이 나에게 다가와 인사를 건넸다.

"안녕하세요?"

나는 음악도 안 나오는 이어폰을 빼고 인사를 나눴다. 그녀들은 한국에서 온 20대 초반에 대학생들인데 에콰도르에서부터 내려왔다고 한다. 여학생들의 도전의 용기가 존경스럽다. 여학생들과 짧게 이야기를 나누다가 혹시 식사를 안 했으면 같이 식사를 하자고 묻는다. 나는 부담스러워 밥을 먹었다고 하고 다음에 인연이 있으면 맛있는 것을 먹자는 말만 남기고는 자리를 떴다.

페루에서는 장거리 버스 이용 시
간단한 음료와 간식이 나온다

함부로 노래를 부르지 말자.

깨달음

리마

응답하라 미각세포

　사랑의 공원에서 해안도로를 따라 미라플로레스 라르코마르에 갔다. 라르코마르는 해안절벽을 한눈에 볼 수 있는 멀티플렉스 공간이다. 라르코마르 쇼핑몰 안에는 각종 글로벌 브랜드로 꽉꽉 채워져 있다. 배가 고파서 식당가로 향한 나는 피자헛, 스타벅스 등 한국에서 쉽게 볼 수 있는 음식점들을 지나치다가, 블로그에서 나온 맛집을 우연히 발견했다. 나는 들뜬 마음에 페루에서 유명한 전통 음식 세비체를 먹기로 결심했다.

　세비체는 각종 생선과 조개류를 옥수수와 각종 야채들과 함께 특유의 시큼한 소스로 버무린 요리로, 우리나라 물회와 비슷한 요리다. 회를 무척이나 좋아하는 난 기대하지 않을 수 없었다. 세비체 가게에 가서 메뉴는 봐도 모르니, 제일 비싼 세비체와 잉카콜라를 시켰다. 제일 비싼 게 그래도 제일 맛있겠지! 비싼 만큼 비주얼도 아주 만족스럽다. 하얀 육수에 노랗게 익은 커다란 옥수수알갱이와 야채랑 버무려진 회, 그 위에 양파와 달콤해 보이는 고구마 맛탕이 있었다. 무슨 맛일까? 먹기 전에 잠시 즐거운 상상을 해 본다. 시원한 물회맛? 회무침? 포크로 커다란 알갱이에 옥수수와 회를 큼지막하게 떠서 한 숟갈에 털어 넣었다.

오물오물……. 약 3.5초 뒤에 시큼한 향이 코를 향해 돌진했다. 엄청난 신맛이 두개골을 흔들었다. 주위에 사람들이 많은지라 뱉을 수도 없었다. 오물오물 잘근잘근 씹은 뒤에 황급히 삼켰다. 너무 셨다. 겨자인지 빙초산인지 모르겠다. 삼키는 동안에도 목이 타들어 가는 것 같았다. 겨자가 듬뿍 들어간 양장피도 잘 먹는데, 이건 너무 셨다. 상실감이 컸다. 여행 오기 전부터 매우 기대한 음식인데 한 입 먹고 포기라니, 이대로는 아쉽다.

페루의 국민 음식, 세비체

리마의 대형 쇼핑몰, 라르코마르

　나는 한 숟가락을 더 퍼 국물을 짜내고 건더기만 먹었다. 와구와구, 잘근잘근……. 한 숟가락씩 먹을수록 식도에서 고통의 메아리가 울려온다. 결국 세비체에 패배하고 만 나는 절반도 못 먹고 씁쓸한 얼굴로 계산해야 했다. 인터넷 블로그에서는 다들 맛있다고 칭찬 퍼레이드였는데……. 내 입맛이 문제인 건지, 아니면 블로그의 과장된 맛 표현이 문제인 건지, 아직도 모르겠다. 나오는 길에 초코 아이스크림을 사서 시원스럽게 한입 베어 무니 시큼달달한 맛이다.

　응답하라, 미각세포!

맛집을 맹신하지 말자.

깨달음

페루의 야간버스

오늘은 리마에서 트레킹으로 유명한 와라즈로 향하는 날이다. 소요시간은 자그마치 9시간. 첫 장거리버스를 탈 마음에 들뜬다. 나

와라즈행 야간버스를 예약했던 울툴사 버스터미널

는 가벼운 발걸음으로 버스터미널로 향했다. 티켓을 구입하고 버스에 올라타려는데, 버스가 매우 고급스러워 보인다.

2층 버스인데, 내 자리는 2층 제일 앞이었다. 그것도 좌석이 160도까지 젖혀지는 1등석이다. 시트도 푹신푹신할 뿐만 아니라 수면 시에 필요한 담요도 제공된다. 좌석 바로 앞이 창문이라 달리는 버스의 풍경을 볼 수 있으며, 옆에는 콘센트가 있어 전자기기를 충전할 수 있었다. 도난에 우려가 있어 가방을 짐칸에 넣지 않고 끌어안고 탔지만, 자리가 넉넉해 불편하지는 않았다.

자리에 누워 버스에 비치된 이불을 뒤집어쓰고 누웠다. 잠이 들 때쯤 버스승무원이 잉카콜라와 샌드위치를 갖다 주었다. 남미의 버스는 대부분 장거리 버스이기에 버스 내부에서 간단한 빵과 음료가 나온다. 아늑한 이불 속에서 간식을 먹으니, 소소한 행복감이 밀려온다.

깨달음

장거리버스나 야간버스 이용 시 1등석을 이용하자.

와라즈

생애 첫 빙하를 만나다

버스가 얼마나 편안했던지 푹 잤다. 바로 맞은편 창문에는 순백의 설산이 아침햇살을 맞이하며 금빛으로 빛나고 있었다.

아침 7시, 긴 여정 끝에 드디어 와라즈에 도착했다. 버스에 내리니 리마와는 상반되게 차가운 공기가 살을 파고든다. 버스 안에서 패딩을 미리 입고 나오길 잘했다. 15분 정도를 걷자, 아르마스광장이 나왔다. 맑은 햇살 아래 꽃들이 예쁘게 피어 있었다. 일단 숙소를 알아봐야 한다. 주위를 둘러보니 아르마스 광장 바로 옆에 조그마한 'enboy'호텔이 보여 들어갔다.

그곳에는 할아버지 한 분이 계셨다. 내가 영어로 물으니 할아버지는 스페인어로 대답을 하신다. 서로 의사소통이 안 되는 가운데, 갑자기 호텔 구석에서 강렬한 인상의 남자가 영어로 "도와줄까요?" 하고 물어본다. 이러면 안 되는 것은 알고 있지만, 거칠어 보이는

아름다운 와라즈의 아르마스광장

겉모습에 난 바로 경계심을 품었다. 그래도 일단 들어왔으니 말을 섞어 보고 싶어서 오늘 하루 숙박에 내일 체크 아웃시간을 19시로 연장해 달라고 요청했다. 남자는 숙박비를 70솔이라고 한다. 가격이 저렴해 오늘은 여기서 묵기로 결정하고 숙박비를 지불하고 있는데, 1층에서 흰 수염 더부룩한 아저씨가 올라와 호텔 할아버지와 아침 인사를 나눈다. 그리고 나를 보고 영어로 어디서 왔냐고 물어 한국이라고 답했지만, 잘 모르는 눈치다.

나는 방으로 올라가 야간버스 이동으로 못했던 샤워를 하고 내일 출발할 투어를 알아보러 나갔다. 마침 호텔 바로 옆에 여행사가 있어 들어갔더니, 아까 이야기를 주고받았던 아저씨다.

"너 빙하투어랑 69호수 갈 거지? 오늘 빙하 보러 가자. 와라즈 와서 안 보고 가면 후회할 거야. 당장 준비해서 내려와. 30분 뒤에 출발이야."

파스토루리 빙하로 가는 길은 매우 아름답다

　난 오늘은 쉬고 내일 69호수투어를 가려 했는데, 여행사 아저씨
가 파스토루리 빙하는 꼭 가 봐야 한다고 강력히 주장한다. 아침밥
도 못 먹고 버스에서 밤을 지새워 체력적으로도 지치는 참에, 고민
되지 않을 수 없다. 이렇게 고민될 때는 스스로에게 질문은 던진다.
"여기는 어디?"

　그래, 여기는 다시 오기 힘든 지구 반대편이다! 나는 서둘러 호텔
에서 가방을 챙겨 여행사로 갔다. 그런데 생각해 보니 아까부터 숨
이 헐떡헐떡한다. 10계단을 올라가는데도 숨이 찬다. 핸드폰 어플
로 고도를 확인해 보니 3,000m도 넘었다. 고도가 높아 산소농도가
떨어지고 조금만 움직여도 숨이 차는 것이었다. 난 아차 싶어 리마

짧은 거리도 해발 5000m에선 고행의 길

고산병 예방에 좋은 소로치필.
고도가 높은 곳으로 여행 시
필수품이다

에서 사 온 소로치필(고산병약)을 2알 먹고는 따뜻한 물을 마셨다.

그리고 투어 출발시간이 다 되어 여행사 앞에서 버스를 탔다. 버스 안은 온통 서양인들로 가득했다. 동양인은 나 혼자다. 게다가 혼자 온 사람도 나 혼자다. 내가 자리에 탑승하자, 버스는 곧바로 출발했다. 버스를 타고 바깥풍경을 보는 내내 파란 하늘이 눈에 들어왔다. 날씨가 너무 좋았다. 1시간쯤 달리니 버스가 휴게소에 들렀다. 내리자마자 숨 쉬기가 힘들다.

파스토루리 빙하 등반 시 말을 이용하여 올라갈 수 있다

agua gasificada 빙하가 녹아 만들어진 천연탄산수가 분출되는 곳으로,
우리나라 청송 달기약수와 같은 맛이다

그러자 같이 버스를 타고 온 친구들이 고산병에 특효약인 코카차를 마시라고 한다. 나는 휴게소에서 파는 따뜻한 코카차를 마셨다. '코카' 하면 마약이 먼저 떠올라 걱정했으나, 정제과정을 거치지 않은 코카잎은 안심해도 된다고 한다. 무리한 일정으로 몸 상태가 좋지는 않지만, 말린 코카잎을 사서 버스 안에서 씹으며 바깥 풍경들을 감상하며 이겨 냈다.

파란 하늘, 하얀 구름, 황금색 들판. 내가 꿈꿔 온 남미의 자연 모습이다. 10년 전 봤던 영화 속 풍경이 그대로 내 눈앞에 펼쳐진다. 파스토루리 빙하로 가는 길은 구불구불 비포장길이다. 고도계를 확인하니 4,000m가 훌쩍 넘었다. 자꾸 고도계를 확인할수록 불안감은 점점 커진다. 사람은 생각이 육체를 지배하는 동물이다. 나는 플라시보 효과 신봉자인지라 고도계를 더 이상 보면 안 되겠다 싶었다. 그러던 중 버스는 파스토루리 빙하 입구에 도착했다. 그리고 가이드가 조용한 목소리로 이야기한다.

"2시까지 돌아오세요."

난 입구에서 차근차근 올라갔다. 벌써부터 숨이 가빠 온다. 높은 고도에서 몸의 반응이 즉각 나타난다. 파스토루리 빙하로 가는 길은 외길이다. 거칠게 포장된 도로 옆에는 검은 잿빛의 돌들이 나뒹굴고 있었다. 하늘을 보니 고도가 짐작이 될 만큼 구름과 가까이 있었다. 숨은 가쁘지만 황홀경이다.

30분쯤 올라갔을까? 체력이 급격하게 떨어진다. 생각해 보니, 오늘 하루 종일 코카차 마신 게 전부다. 가방을 뒤져 보니 어제 야간 버스에서 안 먹고 넣어 놨던 샌드위치가 발견되었다. 나는 길모퉁

파스토루리 빙하로 향하는 길 새끼양과 함께

이에 앉아 검게 익은 바위를 방석 삼아 샌드위치를 우걱우걱 먹었
다. 얼마나 맛있었는지, 물기 없는 건조한 샌드위치를 먹는데도 물
이 필요 없을 만큼 나의 아밀라아제가 분비되었다. 샌드위치를 다
먹고 나니 이제야 헐떡이던 숨도 가라앉고 기운도 생긴다. 지금껏
고산병, 피곤함, 문제가 아니라 단지 배가 고팠던 거였다.

　나는 다시 기운을 내서 열심히 올라갔다. 오르막길 끝을 보면 기
운이 빠질 것 같아 바닥만 보고 걸었다. 그렇게 얼마쯤을 걸었을

까? 걷다 보니 발걸음이 수월해진 것이 경사가 끝난 것 같아 고개를 들었다. 그러자 내 눈앞에 믿기지 않을 만큼 거대한 빙하가 위용을 자랑했다. 빙하는 땅위로 내려온 뭉게구름 같이 빛나고 있다. 이런 산위에 이렇게 큰 빙하가 존재할 것이라 상상도 못했다. 만화에서 나 나올 듯한 풍경이다.

　나는 첫사랑과 재회하는 심정으로 천천히 다가갔다. 드디어 9년 전 작성했던 나의 버킷리스트 78번인 "빙하 먹어 보기"를 지울 차례다. 빙하의 겉에는 이물질이 묻어 있어 손으로 겉면을 파내고 빙하의 속살을 한 움큼 집어 입 안에 넣었다. 빙하의 맛에 대해 기대치가 높았던 탓일까? 빙하는 팥빙수에서 팥 없이 먹는 맛이었다.

　어쨌든 빙하 보기, 성공!

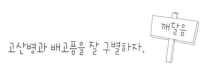

고산병과 배고픔을 잘 구별하자.

와라즈

여행 3일차 카메라 사망하다

　사진 욕심이 없는 나였지만, 빙하만큼은 예쁘게 남기고 싶은 마음이 일었다. 나는 황급히 가방에서 미러리스 카메라를 꺼내 삼각대에 세워 사진을 찍었다. 빙하만큼은 꼭 사진으로 남기리라. 나는 어마어마한 빙하의 거대함을 배경으로 사진을 찍어야겠다는 생각에 삼각대에 카메라를 설치하고 셔터를 누르고는 카메라 앞으로 뛰어 갔다.

　그때였다. 갑자기 돌풍이 불어닥쳤다. 갑작스런 돌풍에 삼각대가 넘어지면서 카메라가 돌밭에 부딪혔다. 별로 대수롭지 않게 생각하고 삼각대를 세웠는데, 카메라는 현장에서 즉사한 상태였다. 렌즈를 인식하질 못한다. 이제 여행 3일차인데 카메라가 사망하다니⋯⋯. 마음이 쓰려 온다. 아마 와라즈에는 제대로 된 전자상가도 없을 것이다. 상실감이 컸다. 안타깝지만 속상함은 마음 한구

카메라의 마지막 선물

석으로 두고 핸드폰 카메라로 사진을 찍었다,

　잘 가라, 카메라…….

삼각대 사용은 편평한 곳에서 하자. 깨달음

와라즈

고산지대와 건조주의보

고산병에 도움이 되는 코카차

　빙하투어에서 복귀하여 버스에 올라탔다. 먼저 도착한 서양 친구들은 모두 맥이 빠져 있다. 나도 자리에 탑승하여 눈을 감았다.

　버스는 꼬불꼬불한 왔던 길을 되돌아갔다. 버스 안에서 약간의 고산증세와 멀미가 동시에 수반되어 나를 괴롭힌다. 그리고 가장 큰 고통은 목이 갈라지는 듯한 건조함이다. 페루의 7월은 건기라 매우 건조하다. 숨 쉴 때마다 기도와 식도에 있는 모든 수분이 증발하는 기분이다. 내가 할 수 있는 건 그저 아까 사 온 코카잎을 계속 씹고 물을 계속해서 마시는 것뿐이다. 아마 내게 코카잎과 물이 없었다면 버티지도 못했을 것이다. 고산지대에 갈 때는 반드시 물을 챙겨 가야겠다.

깨달음

고산지대에서는 물 먹는 하마가 되자

와라즈
해발 5,000M에 카리브해가 있다고?

　새벽 5시, 일찍이 눈을 떴다. 방음이 안 되는 창문 사이로 시끄러운 경적 소리와 자동차 소리로 잠을 제대로 이루지 못했다. 방은 얼마나 추운지 난방시설이 없어 중간에 패딩을 입고 잤는데도 추웠다. 그리고 공기가 건조하여 목이 아팠다. 목 안에 가뭄이 들어 거북이 등딱지처럼 갈라지는 게 느껴질 정도였다.

　오늘은 69호수를 가는 날. 나는 샤워하기 전 팔굽혀펴기와 팔 벌려 뛰기를 10분간 실시하고 샤워를 했다. 군대에서 찬물로 샤워를 많이 해 봤지만, 이번만큼은 힘들다. 따뜻한 물이 나오지 않아 샤워를 하는 동안 심장을 두들겨 주지 않으면 금방이라도 멈출 것 같았다. 가까스로 샤워를 마치고 가방을 챙겨 호텔 앞으로 나갔다.

　이른 아침이라 사람이 없는 가운데 조그마한 버스가 호텔 앞으로 도착했다. 내가 첫 승객이다. 나는 어디 앉을까 고민할 새 없이 조

✕ 그래도 나에게는 자유가 있다 ✕

69호수는 카리브해처럼 에메랄드빛을 내고 있다

수석 쪽 혼자 앉는 자리에 앉았다. 버스는 여러 개의 호스텔을 거쳐 사람들을 태우고 69호수로 출발했다. 날이 점점 밝아 오면서 바깥 풍경들이 자연스럽게 눈에 들어오기 시작했다. 창문 너머로 봐도 맑은 공기가 느껴졌다. 설산 너머로 비추는 아침 햇살에 기분이 한결 상쾌하다. 69호수로 가는 조수석 쪽 창가 자리는 바깥 풍경들을 볼 수 있어 좋았다. 버스는 구불구불한 흙길을 힘겹게 올라가는데, 소와 당나귀, 강아지들이 길을 막고 있다. 동물 주인으로 보이는 아저씨가 나와 동물들을 한쪽으로 몰자, 당나귀들은 억울한 눈빛으로 길을 비켜 준다. 바깥 풍경은 점점 높은 곳으로 올라갈수록 더욱 아름다움이 더해졌다. 그렇게 한참을 달리다가 버스가 휴게소에 정차했다. 사람들이 간단하게 커피를 마시는 가운데 나는 샌드위치와 생과일주스로 든든하게 배를 채우고 벤치에 앉아 싱그러운 공기와 더불어 평화로운 아침 풍경을 느꼈다.

출발 시간이 되어 버스에 올라 30분 정도를 달려 국립공원에 도착했다. 그러자 눈앞에 에메랄드빛의 호수가 펼쳐진다. 빛깔이 워낙 아름다워서 현실감각이 떨어질 정도였다. 버스는 호수를 보기 좋은 곳에서 우리를 내려 줬다. 호수는 신기하게도 짙은 에메랄드빛에서 햇빛을 받으니 멜론색으로 바뀐다. 자연에서 이런 아름다운 빛깔이 나올 수 있는지 신기할 따름이다.

다시 10분 정도를 달려, 버스는 우리를 작은 오솔길에서 내려 준다. 운전기사는 4시까지 복귀하라는 말만 남긴 채 버스를 몰고 휑하니 가 버린다. 길도 모르고, 가이드도 없다. 사람들은 작은 오솔길을 따라 걸어간다. 다행히도 길은 외길이라 잃어버릴 일은 없을 것 같다. 날씨가 좋아 나는 입고 온 패딩을 가방에 넣어 두고 긴팔 티셔츠를 입고 69호수 등반을 시작했다. 사람들은 저만치 앞서가 버린다. 홀로 남은 나는 아름다운 자연과 단둘이 데이트를 하는 기분으로 유유자적 걸었다.

오솔길을 거치고 냇가를 거치니 드넓은 황금색 평원이 펼쳐진다. 평원 위에는 나귀와 말, 소들이 한가롭게 풀을 뜯어먹고 있고, 냇가에서 물이 졸졸졸 흐르는 소리가 흥을 더해 준다. 황금색 평원 너머에는 눈으로 뒤덮인 웅장한 산봉우리가 나에게 어서 오라고 인사를 건넨다. 아침부터 견뎌온 목의 통증도 말끔히 사라졌다.

걷다 보니 당나귀가 풀을 뜯고 있다. 내가 가까이 다가가도 도망가지 않아 풀을 뜯어 입에 넣어 주었다. 당나귀의 낯을 가리지 않은 성격 때문에 금세 친해질 수 있었다. 69호수 국립공원의 아름다운 자연은 마치 내가 좋아하는 과자들로만 만든 종합선물세트 같다. 트레킹을 할수록 나를 설레게 하는 자연들이 나타난다. 행복하다. 사진을 찍어도 모든 것이 화보이고 음악을 틀어 놓으면 뮤직비디오가 된다. 감탄사가 절로 나온다.

아까 뻑뻑한 샌드위치로 배를 채웠던 것이 에너지원이 되어 힘이 솟았다. 나는 되도록 천천히 올라갔다. 한 걸음 한 걸음씩 올라갈 때마다 예쁜 꽃들과 동물들이 나의 발걸음을 멈추게 했다. 덕분에 고산병에도 도움이 된 것 같다.

1시간 정도 걸었을까? 그냥 앉아 있고 싶었다. 가방에서 물과 약을 챙겨 먹고 어제 미리 사 둔 간단한 요깃거리를 먹었다. 이렇게 아름다운 풍경과 행복한 기분들을 혼자 느낀다는 게 너무 아쉽다.

사랑하는 사람과 같이 오면 금상첨화일 것이다. 나는 학창시절부터 항상 혼자서 배낭여행을 다녔다. 혼자만이 느낄 수 있는 자유로움과 편안함이 좋았기 때문이다. 그런데 처음으로 와라즈에서 이렇게 아름다운 추억들을 같이 공유할 수 있는 사람이 있었으면 좋겠다는 생각이 들었다.

　나는 다시 정신을 가다듬고 등반에 나섰다. 이제부터는 제법 경사가 있다. 조금 걸었는데도 숨이 차오른다. 나보다 먼저 출발한 사람들은 바위에 앉아 쉬고 있다. 그중 한 여성이 바위에 고개를 묻고 힘겨워한다. 아마 고산병이 찾아온 것 같다. 처음부터 무리하게 등

69호수 트레킹 코스 중 그림 같은 풍경

반한 결과다. 나는 경각심을 갖고 다시 천천히 올라갔다. 큰 경사를 넘으니 조그마한 호수가 보인다. 이제 거의 다 온 것 같다.

한 걸음 한 걸음 조심스럽게 발걸음을 옮기며 호수에 도착하니, 69호수 표시판이 따로 설치되어 있다. 여기는 그냥 조그마한 호수인 것 같다. 조그마한 호수를 지나니 드넓은 평원이 다시 나왔다. 왠지 느낌이 좋지 않다. 69호수가 나올 기미가 안 보인다. 나는 아무런 정보 없이 올라왔다. 예상 소요시간도 모르고 어느 정도가 중간지점인지 아무것도 모른 채 올라온 탓에 체력을 배분하기가 힘들었다. 평원 뒤에 높은 산 하나가 가로막고 있다. 올라가는 사람들을 보니 개미처럼 작게 보인다. 저곳도 넘어가야 한다.

인터넷 블로그 후기에 69호수를 보러 올라가는 데 힘들어 고생했다는 글들을 본 적이 있다. 학창시절 운동을 해서 자신이 있고, 또 여행 출발하기 전에도 집 앞 해안도로에서 항상 조깅을 하며 체력을 길러 오던 나인데, 큰 산을 보니 다리가 절로 풀린다. '가방은 호텔에 놔두고 올 걸…….' 하는 후회가 밀려왔다. 나는 지치지 않기 위해 땅만 보고 걸었다. 그나마 불행 중 다행인 것은 나만 힘든 것이 아니라 다른 등반객들도 모두 지쳐 있었다는 사실이었다. 난 천천히 오르더라도 쉬지 않고 올라갔다. 태어나서 제일 높게 올라온 높이인 것 같아 어플을 통해 고도를 측정해 보니, 이번에는 5,000m 가까이 된다.

꾸역꾸역 30분 정도 올라가니, 뭔가 이상한 아우라가 느껴지며 물 냄새가 난다. 나는 핸드폰을 잽싸게 꺼내 동영상을 찍기 시작했다. 차마 앞을 볼 수 없어 핸드폰 화면 속에 담긴 풍경을 보며 걸었다.

화면 속에서 푸르른 무엇가가 회색빛 설산 사이로 나타난다. 그 아름다운 에메랄드빛의 호수는 조금씩 화면 속에서 나타났다. 두근거리는 마음으로 핸드폰을 내려놓으니, 내 앞에는 그토록 보고 싶었던 아름다운 호수가 고개를 빼꼼 내밀고 있었다. 멀리서도 그 빛깔이 아름다워 한눈에 보였다.

호수에 도착하니 고요했다. 사람들은 많이 있었으나 모두 호수의 장엄한 광경에 하나같이 침묵 속에서 자연을 즐기고 있었다. 난 호수 언저리에 자리를 잡고 말없이 호수를 바라보았다. 마치 에메랄드빛의 카리브 해를 송두리째 이곳에 옮겨 놓은 듯한 장면이다. 인간은 절대로 만들어 낼 수 없는 빛깔이다. 호수 끝에서는 눈이 녹아 호수로 떨어져 고요한 분위기에 큰 굉음이 났다. 이 굉음은 메아리가 되어 바람소리와 함께 자연의 오케스트라로 탈바꿈되었다.

함께 타고 온 버스에서 친해졌던 페루 현지인 친구들이 있어 같이 이야기를 나눴다. 이들은 69호수의 아름다움에 반해 이곳을 찾은 게 3번째라고 한다. 여기는 고산지대라 날씨의 변화가 심한데, 이처럼 맑게 빛나는 호수를 볼 수 있는 것은 운이 좋은 것이라고 했다. 하지만 말이 끝나기가 무섭게, 무슨 약속이라도 된 듯 우박이 떨어진다. 우리는 황급히 하산을 결정했다. 비에 대한 준비를 전혀 하지 않아서 비를 맞으면 감기 100% 확정이다. 고맙게도 우박은 얼마 뒤 멈추었다.

하산하는 것은 정말 쉬웠다. 힘들게 올라온 고개도 금방 내려갔다. 아까 선두로 출발했던 사람들이 한껏 지친 표정으로 이제야 올라온다. 걷다 보니 어느덧 다시 혼자가 되었다. 시간이 많이 남아

69호수는 생각보다 높은 곳에 위치하고 있었다

황금색 들판 사이로 흐르는 시원한 시냇물

한적해서 좋았던 그림 같은 트레킹코스

당나귀가 노니는 옆 평원에 그냥 드러누웠다. 당나귀들이 풀 뜯어 먹는 소리를 자장가 삼아 한숨 잤다. 이곳이야말로 말 그대로 천국이다. 따뜻한 햇살, 시원한 맑은 공기, 평화로운 평원, 당나귀 풀 뜯는 소리……. 모든 게 조화롭다.

언젠가 브루나이 칠성급 호텔에서 묵은 적이 있다. 본래는 왕궁으로 쓰이다가 호텔로 개조한 것인데, 금으로 장식된 것이 정말 호화스러웠다. 하지만 그보다 이 풀밭에 누워서 잠깐 잠을 잔 게 더욱 행복하고 아름다운 것 같다. 잠깐 낮잠을 자고 일어났다. 여전히 옆에서 당나귀는 풀을 뜯고 있었다. 블루투스 스피커를 연결하여 음악을 틀었다. 그리고 다시 누워 하늘을 봤다. 69호수 국립공원의 자연은 지겹지가 않다. 이대로 시간이 멈췄으면 하는 바람이다.

69호수 국립공원은 나에게 정말 아름다운 28살의 추억을 만들어 주었다.

행복의 척도는 나 스스로의 결정에 의해 판가름 난다.

리마

낯선 사람과 친구 되는 방법

와라즈에서 출발하여 리마에 도착한 후, 아마존으로 향하기 위해 택시를 타고 공항으로 향했다. 가는 내내 택시기사님과 수다를 떨었다. 어디서 왔냐는 택시기사님의 물음에 "코레아 데 수르."라고 대답하니, 호탕하게 웃으시며 핸드폰, TV, 자동차 등 한국 제품들이 최고라고 하신다. 그리고 요즘 들어 딸이 K-pop과 슈퍼주니어에 빠져 걱정이라고 하신다. 신호 대기 중에 대형전자상가가 보인다. 기사님에게 잠깐만 들러서 카메라를 고쳤다가 가자고 하니 흔쾌히 허락해 주신다.

차를 도로변에 주차하고 기사님은 아침밥을 먹고 오신다고 하고, 나는 전자상가로 향했다. 매장은 10분 뒤에 오픈한다고 한다. 주위 사람들도 오픈만을 기다리고 있는 것 같다. 여행 기간 내내 핸드폰으로 사진을 찍을 생각에 암담했는데, 한줄기 희망이 보인다. 여기서 렌즈만 교체하면 문제없다.

사람들과 함께 오픈을 기다리고 있을 때였다. 어디선가 엄청난 덩치의 흑인이 나에게 다가온다. 일단 영문을 모르니 가만히 있었다. 그런데 갑자기 특유의 제스처로 오랜 친구처럼 익숙하게 악수를 청하는 게 아닌가? 2년 전, 프랑스 몽마르뜨 언덕에서 팔찌를 강매하는 흑인이랑 실랑이가 있었던 적이 있다. 그때 흑인의 파워를 익히 알고 있기 때문에 나는 경계할 수밖에 없었다. 흑인 친구가 내게 어디서 왔냐고 물어봐 한국에서 왔다고 했다. 그렇게 말하면서 나도 제법 경계의 눈빛으로 쏘아봤다.

그런데 갑자기 흑인 친구는 핸드폰을 꺼내더니 신기한 걸 보여 주겠다고 한다. 소니에서 나온 5년도 넘어 보이는 폰이었다. 그리고 핸드폰 회화번역기를 실행시킨다. 그 흑인 친구는 나에게 한국말로 이야기를 하면 핸드폰이 알아서 번역해 준다고 한다. 나는 또박또박 열심히 한국말로 "만! 나! 서! 반! 가! 워! 요!"라고 말했다. 하지만 핸드폰은 묵묵부답이다. 나는 다시 한 번 샤우팅 창법을 사용하여 "만! 나! 서! 반! 가! 워! 요!" 하고 한 글자 한 글자 말했다. 하지만 역시 이번에도 아무 작동도 안 한다.

핸드폰 화면을 확인해 보니, 한국어 번역은 유료버전을 구매해야 한다고 나와 있다. 난 순간 친구의 표정을 읽었다. 찰나의 순간이었지만 표정에서 아쉬움이 묻어나왔다. 나는 크게 리액션을 해 주었다.

"이거 영어랑 스페인도 되는 거야? 진짜 멋지다!"

흑인 친구는 다시 핸드폰에 한국어를 영어로 바꾸며 말해 보라고 한다. 나는 또박또박 "나! 이! 스! 투! 밋! 유!"라고 말하니 스페인어로 번역이 된다. 내가 동공을 최대한 크게 하며 리액션을 취하자, 상당히 흐뭇한 미소를 지어 보였다. 나는 차마 여행출발 직전 구매한 나의 최신 폰을 꺼낼 수가 없었다.

우리는 이제야 통성명을 했다. 내가 어디서 왔냐고 물으니, 그는 국적은 말하지 않고 캐리비안해변에서 왔다고 말한다. 나는 한국에서 왔고 단기 여행이라고 하니 놀랍게도 날 안으며 토닥토닥해 준다. 기분이 상당히 묘했다. 순간 순수하게 다가온 그 친구의 의도를 의심했던 내가 부끄러웠다.

그 친구는 페루의 한 여행사에서 일한다고 했다. 우리는 서로 안녕을 기했다. 친구는 나에게 마지막으로 "만나서 즐거웠어. 항상 행복하게 지내."라고 인사했다. 불과 10분 만에 일어난 상황이지만, 마음속에 각인되었다. 과연 나도 저렇게 처음 보는 낯선 사람들에게 친구처럼 대할 수 있을까?

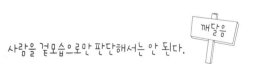

사람을 겉모습으로만 판단해서는 안 된다.

이키토스

300달러짜리 자이로드롭

이키토스행 비행기를 탑승하러 게이트로 가니 비행기까지 셔틀버스를 타고 간다. 차창 밖에는 거대한 비행기들이 위용을 뽐내고 있었다. 버스가 점점 공항 외곽으로 나갈수록 비행기의 크기도 점점 작아진다. 그리고 덩달아 마음도 불안해진다. 정글로 향하는 상공은 대기가 불안정하다고 들었는데, 내가 생각했던 비행기의 크기를 지나간 것은 이미 한참 전이다.

버스가 드디어 멈췄다. 눈에 보이는 비행기는 다행히도 컸다. 내 자리는 좌석 제일 끝에 위치한 트리플 시트인데, 운 좋게도 옆의 두 자리는 비어 있었다. 다른 좌석도 빈 곳이 많았다. 비싸게 주고 산 비행기표인 만큼 비즈니스클래스라고 상상하며 세 자리를 넓게 써야겠다는 생각이 든다. 비행기는 아슬아슬하게 이륙을 한다. 평소에는 이륙 직전부터 음악을 들으며 잠을 청하는데, 오늘은 왠지 긴장이 돼 이륙 장면부터 하나하나 놓치지 않고 본다. 비록 비행기가 급선회를 했지만, 기장님의 우수한 비행 실력 덕분인지 기장님을 믿고 난 잠이 들었다.

잠깐 단잠을 자고 깼는데 저기 앞에 기내식이 나온다. 매번 기내식이 나올 때면 저절로 눈을 뜨는 내 자신이 신기하면서도 기특하다. 크로와상에 슬라이스 햄 한 장 들어 있는 샌드위치와 머핀이 나왔는데, 제법 맛이 훌륭하다. 간단하게 식사를 마치고 창문을 바라보니 비행기가 착륙했다. 그리고 사람들이 내리고 있는 게 보여, 나도 황급히 가방을 챙겨서 나갔다. 그런데 이상하게도 다른 사람들이 비행기로 다시 올라탄다? 비행기 내부로 다시 올라와 보니, 아까 리마에서 같이 탄 사람들 중 몇 명은 그대로 앉아 있다. 승무원에게 어떻게 된 일이지 물어보니, 잠깐 경유한 것이라고 설명해 준다. 비행기 티켓에는 분명 경유라는 말이 없었는데 신기하다. 비행기가 최종 도착지가 아닌 다른 공항에 착륙하여 승객을 내려 주고 다시 태우다니……. 어디서도 들어 본 적 없는 신기한 시스템이다.

다시 내 자리로 돌아와 창문을 바라보니 비행기가 주유 중이다. 비행기는 연료를 다 채운 뒤 엔진을 켜고 이륙을 한다. 나는 또다시 잠이 들었는데, 이번에는 비행기가 심하게 흔들리는 바람에 잠에서 깼다. 갑자기 햇빛 쨍쨍한 맑은 날씨가 흐린 날씨로 바뀌었다. 그리고 비행기의 급강하로 자이로드롭을 탈 때의 아찔함을 세 번 연속으로 느꼈다. 차마 안전벨트를 매지 못한 승객들은 두더지잡기 게임처럼 좌석 위를 오르락내리락하고 있었다. 설마 했는데 진짜 기후가 급격하게 변해 버리고 만 것이다.

수직 하강의 짜릿함을 느끼게 해 준 아마존행 비행기

이승세계임을 알려 준 이키토스 공항

비행기의 안내방송이 무색해질 만큼 많은 사람들이 소리를 지른
다. 동체는 요동치고 내 마음도 요동친다. 비구름 사이를 헤치고 나
가는 조그마한 비행기가 위태로워 보인다. 게다가 여기는 아마존

상공이라, 만일의 상황이 온다면 구조대가 찾기도 힘들 것이다. 비상착륙할 만한 큰 강이나 바다도 없다. 이건 마치 아마존을 가는 길이 아니라 저승에 가는 길 같다. 별의별 생각이 다 든다.

핸드폰을 켜 전송될지 안 될지도 모르는 상황에 어머니에게 현재 위치와 상황을 문자로 남겨 놓았다. 나는 숭고한 마음으로 눈을 감고 그냥 기도하기로 했다. 겁이 별로 없는 편인데도 정말 무서웠다. 비행기 동체가 부들부들 떨리는 소리를 들어 본 적이 없다면, 당시 심정은 아무도 이해 못할 것이다. 그렇게 몇 번의 신음소리를 반복한 끝에 비행기는 안정을 되찾았다.

이키토스에 도착할 무렵, 날씨는 너무나 맑아 있었고 심지어 무지개까지 아름답게 떠 있었다. 날씨에 대한 배신감보다는 다시 이 세상에서 아름다운 무지개를 볼 수 있다는 사실에 감사했다. 어머니한테 보낸 문자도 다행히 전송 실패다. 만일 문자가 전송되었다면 매우 걱정하셨을 것이다.

이키토스공항에 무사 착륙을 한 나는 반사적으로 감사의 박수를 쳤다. 대부분의 승객도 생존의 기쁨을 같이 나눌 줄 알았는데 나 혼자 신나 있다. 결국 나만 박수를 치는 바람에 이상한 놈이 되었다.

이승이 천국이다.

페루의 불로초 시식기

이키토스 도착 후 아마존강가 바로 앞에 숙소를 잡았다. 이제는 내일 일정을 생각해 봐야 한다. 무작정 호텔 밖을 나오니, 바로 옆에 여행사가 보여 들어갔다. 나는 대뜸 "아마존에 가고 싶습니다."라고 말했다. 직원은 아마존은 개인으로 갈 수 없고 투어상품을 이용해야 한다고 설명해 준다. 투어상품이면 단체로 이동해야 하는 것이냐고 물어보니, 10여 명 정도 같이 움직여야 한다고 한다. 나는 개인적으로 갈 것이라고 말하고 자리를 나가려는 순간, 직원이 잠깐만 기다려 달라고 한다. 혹시 단체 투어상품 말고 다른 방법이 또 있는 걸까? 내심 기대했다.

"사실 정글을 개인적으로 가기는 힘들어. 그런데 내 동생이 리마에서 학교를 다니다 방학이라 어제 이키토스에 왔어."

이게 갑자기 무슨 뜬금없는 소리인가? 놀란 나는 고개를 갸우뚱

했다.

"우리 가족 고향이 여기서 배를 타고 2시간 들어가야 하는 아마존이야. 내 동생이랑 같이 둘이서 놀래?"

상황 판단을 해 봤지만 정확히 이해가 되지 않았다. 내가 영어를 잘 이해한 것인지, 맞게 알아들었다면 이 사람들을 믿을 만한 건지, 여러 가지 생각이 머릿속에서 뒤엉켰다. 하지만 투어상품으로 우르르 돌아다니는 것보다는 현지인 친구와 둘이서 돌아다니는 것도 흥미로울 것 같았다.

직원은 아마존에서 본인의 동생과 같이 자고 배도 한 척 빌려 둘이서 여행하면 된다고 한다. 그리고 내일 아침 8시 45분까지 사무실 앞으로 나오라고 한다. 나는 고개를 끄덕였다.

'내일 아침에 나왔는데 아무도 없으면 어쩌지?'

걱정 어린 생각이 들지만, 이미 주사위는 던져졌다. 난 직원에게

발렌 시장의 입구 소매치기가 많이 존재하여 항상 소지품을 주의해야 한다

날이 아직 밝아 그냥 들어가기 아쉬우니 근처에 구경할 곳이 있으면 추천해 달라고 했다. 그러자 직원은 본인을 토레스라고 소개하며, 이키토스에 왔으면 발렌 시장을 꼭 가 봐야 한다고 말했다. 발렌 시장에는 악어고기, 피라냐, 거북이알 등 아마존에서 잡히는 신기한 생선들과 흥미로운 것들이 많다고 어디선가 들은 기억이 났다. 토레스에게 발렌 시장으로 가는 법을 물어보니, 같이 가자고 한다.

"엇? 나 혼자 갈 수 있는데?"

"너 혼자 가면 위험할 걸?"

토레스의 눈빛에는 진심어린 걱정이 서려 있었다. 그래서 나는 같이 가기로 하고, 혹시나 하는 상황에 대비해 처음으로 짐을 호텔 방에 갖다 놨다. 비행기를 탈 때도 투어에 참가할 때도 절대 내 몸에서 떨어뜨리지 않는 짐인데, 이번은 오히려 호텔에 갖다 놓는 게 더 안전할 것 같다.

방에 가방을 갖다 놓고 온 사이, 토레스가 자신의 오토바이를 타고 왔다. 뒤에 타라는 토레스의 말에 뒤에 탔는데, 헬멧도 없이 그냥 질주한다. 우리는 그렇게 오토바이 행렬을 요리조리 피해 가면서 금세 발렌 마켓에 도착했다. 발렌 시장은 지금까지 봤던 시장 중 가장 붐비고 복잡하다. 토레스는 이곳은 소매치기 천국이라 주머니에 있는 건 언제 털릴지도 모르니 조심하라고 당부했다. 난 그 이후로 손을 주머니에서 빼지 않고 약간 건방져 보이는 모습으로 돌아다녔다. 시장에는 정말 별의별 것들이 다 있다. 악어 머리, 거북이알, 타이거 피쉬, 괴물처럼 생긴 아마존 생선 등 다양하다.

이키토스에 시장에선
흔히 볼 수 있는 거북이알

조금 걷다가 조그마한 노점에서 삶은 거북이알을 먹었다. 계란에다 비린내+퍽퍽함이다. 힘겹게 먹고 있는 나를 보더니, 토레스가 거북이알을 먹으면 불로장생한다고 이야기해 준다. 오, 솔깃하다! 나는 불로장생하기 위해 꾸역꾸역 먹었다. 거북이알은 낱개로 팔지 않아 5개 중 2개는 토레스주고 3개는 내가 다 먹었다. 거북이알은 나에게 불로장생을 선물해 주었지만 내 입맛을 앗아갔다.

단맛과 신맛이 일품인 시원한 아구아헤 쥬스

나는 텁텁함을 달래기 위해 과일주스를 파는 곳으로 갔다. 노란 빛깔에 얼음을 동동 띄운 과일주스인데, 이름을 물어보니 '아구아헤'라는 과일이란다. 가게 아주머니께서 한 컵 따라 줘서 시원하게 들이켰다. 마시자마자 단맛이 돈다. 그런데 컵을 내려놓으니 시큼한 맛이 올라온다. 과일에 두 가지 맛이 공존할 수 있다는 것을 처음으로 깨닫는 순간이었다.

20살, 군대 가기 전 태국으로 배낭여행을 갔었다. 캄보디아에서 태국으로 넘어가는 국경도시 뽀이뺏에서 본 시장은 혐오스러웠는데, 발렌시장은 뽀이뺏에 있는 시장을 넘어섰다. 이름 모를 동물들의 머리만 잘라 팔고 철장케이지에는 원숭이와 거북이를 한곳에 가둬 팔고 있었다. 어느 자판에는 무슨 동물인지 내장이 어지럽게 널려 있었다. 아까 먹은 거북이알이 다시 세상을 향해 나오려고 했으나, 불로장생을 위해 꾹 참았다.

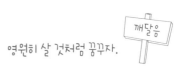

영원히 살 것처럼 꿈꾸자.

이키토스

빈곤의 쳇바퀴

　토레스와 같이 시장 깊숙이 들어왔다. 낯설지 않은 골목이 눈에 들어온다. 인터넷상에서 절대로 가지 말아야 한다던 그 골목, 바로 슬럼가이다. 나는 외국인인데다 샛노란 머리는 현지인에게 위화감까지 줄 수 있어 더욱 위험하다. 그런데 토레스는 같이 가 보자고 한다. 아무리 현지인이라도 슬럼가로 들어가면 우리 둘 다 위험하다.

　역시 슬럼가는 입구부터 범상치가 않다. 각종 칼과 정글도를 파는 가게 앞에는 문신 가득한 사내가 칼을 갈고 있었다. 나는 토레스에게 가지 말자고 만류했지만, 끝까지 가 보자고 한다. 홀딱 벗고 뛰노는 순수한 아이들과는 상반되게 남정네들의 눈빛에는 살기가 가득하다. 마치 나를 잡아먹으려는 야수 같았다. 이럴 때 최고의 방법은 웃음이다. 나는 그냥 웃었다. 사진은 당연히 찍을 수도

혼자서 이 길을 지나는 것은 추천하지 않는다

× 그래도 나에게는 자유가 있다 ×

없었다.

　슬럼가는 온통 진흙 밭이다. 가옥들은 대부분 이층집인데, 다들 이층에서 나를 눈빛으로 정조준하고 있었다. 생각해 보니, 대부분의 가옥들이 2층집인 게 좀 이상했다. 토레스에게 물어보니, 우기일 때는 가옥이 물에 잠겨 지금의 2층까지 물이 차오른다고 한다. 그래서 우기 때는 이 길을 걸을 수 없고 배로 다녀야 한다고 한다. 즉, 절기가 바뀔 때마다 1층에서 2층으로 이사를 다녀야한다는 것이다.

　아이들은 그저 신난 듯 진흙 밭에서 뒹굴며 놀고 있다. 사람들의 삶의 환경이 좋아 보이지 않는다. 주거환경, 교육환경도 모두 열악하다. 슬럼가에서는 생활이 빈곤해 어린아이들을 매춘으로 내몬다고 들었다. 이키토스는 아동 성매매로 악명 높은 도시란 것도 처음 알게 되었다. 배우지도 못하고 자본이 없어서 남자아이는 중노동을, 여자아이들은 관광객에 품에 안겨 간신히 생계를 유지한다고 한다. 신발도 없이 뛰노는 해맑은 아이들을 보니 속상하다. 빈곤의 악순환이 반복되지 않고 아이들에게 희망의 새싹이 자라났으면 좋겠다.

　슬럼가 끝에는 아주 낡은 항구가 하나 있는데, 나무배들이 많다. 항구에서 아마존강을 바라보니, 해가 질 시간이라 노을이 아름답게 피어오른다. 빨갛게 달아오른 태양이 강 너머로 지며 하늘을 붉게 물들인다. 그 빛은 점점 연해져 아름다운 주황빛 그라데이션이 연출된다. 아마존은 고온다습하여 아름다운 구름이 많다. 파스텔빛의 하늘과 어떤 색으로도 물들일 수 있는 순백의 구름들, 석양을 바라보고 있노라면 한없이 낭만적이다. 태양은 달과 교대시간이 다가와도 마지막까지 혼신의 힘을 다해 전기가 들어오지 않는 마을을 밝혀 주고 있었다.

분위기에 취해 멍하니 있다 보니 순식간에 어둑어둑해진다. 다시 슬럼가를 돌아 들어가야 하는데, 덜컥 겁이 났다. 우리는 서둘렀다. 나는 토레스 손을 꼭 잡고 어둑해진 슬럼가를 통과했다. 가로등이 존재하지 않아 앞이 잘 안 보인다. 나는 모자를 푹 눌러쓰고 재빨리 걸어갔다. 저 멀리 시장 불빛이 보인다.

아까 그 정글도가 마음에 걸린 나는 토레스와 눈빛을 교환하고 시장으로 무작정 소리를 내지르며 내달렸다. 아마 제3자의 입장에서는 나를 미친놈으로 봤을 것이다. 시장에 도착하자 토레스는 환하게 웃으며 이야기한다.

"사실 저곳이 우리 집이야."

어쩐지…… 겁내지 않더라.

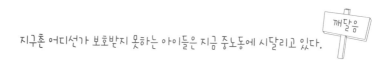

지구촌 어디선가 보호받지 못하는 아이들은 지금 중노동에 시달리고 있다.

열악한 환경에서도 해맑게 놀고 있는 아이들

이키토스 빈곤층의 주거 및 생활환경은 열악하다

이키토스

인종차별에 대처하는 방법 #1

호텔에 들어와 내일 아마존으로 갈 준비를 하는데 배에서 꼬르륵 소리가 난다. 맞다! 저녁밥을 안 먹었다. 제일 중요한 밥 먹기를 까먹은 것이다. 나는 새로 산 반바지를 입고 호텔 앞으로 나갔다.

호텔 앞에는 작은 공원이 있는데, 무슨 일인지 시끌시끌하다. 호기심에 가까이 다가가 보니, 공원 안 가로등 아래 삼삼오오 마을 주민들이 모여 있다. 광장 한가운데는 원형무대가 있고, 그 원형무대를 중심으로 사람들이 웅성웅성 모여 있어, 까치발을 들고 구경했다. 내용은 모르겠지만 두 명의 남자가 서로 만담을 하며 주민들과 이야기꽃을 피운다.

그러나 여기에서 문제의 발단이 시작된다. 특이한 모습이라 만담꾼들에게 나는 가십거리로 사용하기 좋은 상대였나 보다. 만담꾼들이 나에게 말을 걸어오자, 수많은 군중들의 시선은 나에게 집중된다. 만담꾼들은 내가 무슨 말인지 못 알아들어 고개를 갸우뚱하니 핀잔을 준다. 보다 못한 동네주민이 옆에서 영어로 통역해 줬다.

"너 어디서 왔니?"

"한국에서 왔어."

"뭐? 중국?"

"아니, 한국."

"한국은 중국의 식민지지?"

이상하게도 애국심을 발동하게 하는 일차원적인 말장난을 시작한다. 그러더니 우스꽝스러운 흉내를 내며 관중들의 웃음을 유발한다. 난 자존심이 상해 만담꾼들에게 만국 공통의 욕을 했다. 하지만 그들은 굴하지 않고 조롱하는 행동들을 계속해서 이어 갔다. 많은 사람들 앞에서 철저히 나 혼자만 바보가 되는 기분이었다. 비참했다. 내가 성격이 모난 건지 아니면 철이 안 들어서 그런 건지 수많은 군중 앞에서 웃음거리로 만든 것에 화가 났다.

나는 들고 있던 물병의 뚜껑을 열어 무대에 투척하고 언성을 높였다. 그러나 주변을 둘러보니 주민들의 나를 바라보는 시선이 칼날같이 예리하다. 덜컥 겁이 났다. 하마터면 주위 사람들한테 두들겨 맞을 뻔했다. 다음부터는 어른스럽게 물병을 힘껏 던져야겠다.

깨달음

가재는 게 편

이키토스

영어가 들려요

공원에서 극적으로 탈출한 뒤 식당을 찾아 헤맸다. 밤늦은 시간이라 문 연 곳이 없을 줄 알았는데, 아르마스 광장 맞은편에 큰 식당이 있었다. 식당에 들어서니, 서양인들이 꽤 많다. 대부분 바캉스를 이쪽으로 왔나 보다.

어수선한 식당 한가운데 우두커니 앉아서 메뉴판을 봤다. 이제 페루 식당에서 노하우가 생겼다. 'pollo'는 닭고기를 뜻하고 'arroz'는 밥을 뜻한다. 그래서 pollo와 arroz의 요리는 실패할 가능성이 드물다. 세계 어디를 가도 닭고기 맛은 비슷하다. 난 닭고기와 밥 그리고 페루 대표 맥주인 쿠스케냐를 시켰다. 음식을 기다리는 동안 주위 사람들을 구경했다. 물론 사람들도 나를 구경했다. 가족끼리 여행 온 서양인 대가족들, 휴가철을 맞이해서 이키토스로 놀러온 페루인 등……

그중에 머리를 길게 땋은 노란 머리의 여자가 눈에 띄었다. 그녀도 닭고기와 맥주를 시켜 혼자 먹고 있었다. 드디어 내 음식이 나온다. 음식이 나오는 것을 바라보다가 노란 머리의 여자와 눈이 마주쳤다. 난 가벼운 목례와 함께 웃음을 지어 보였다. 그러자 여성분이 말을 걸었다.

"너도 혼자 왔어?"

영어였다.

"응, 난 혼자 여행 중이야."

"나도 혼자 여행 중이야. 내 이름은 미쉘이고, 플로리다에서 왔어."

그러면서 같이 밥을 먹자고 제안해 온다. 나는 차마 뿌리칠 수 없어 같은 테이블에서 밥을 먹게 되었다. 미국 본토 영어발음인 미쉘에게 나는 점점 주눅이 들어갔다. 내가 말할 틈도, 닭고기를 입에 넣을 틈도 없이 미쉘은 말을 쏟아낸다. 말에는 플로우와 라임을 적절히 사용하여 마치 프리스타일의 랩을 하는 것 같았다.

영어듣기 평가할 때 1분이 넘어가면 집중력이 사라지는데, 난 주구장창 미쉘이 페루에 온 사연부터 코카콜라를 안 좋아하는 사연, 게다가 그녀의 희망 자녀수까지 모두 들어야만 했다. 그리고 중간중간 나의 호응을 이끌며 말을 이어 나갔다. 색다른 경험이지만 체력적으로 지쳤다. 나도 이제 말을 해야겠다 싶어, 내가 페루에 온 사연, 한국에서 무슨 일을 하였는지에 대해 열심히 토해 내기 시작했다. 말문이 막힐 때면 여행 오기 전에 영어 말하기 시험을 준비하면서 외웠던 지문들을 총집합해 수다를 떨었다.

분위기가 무르익어 미쉘은 이제 맥주를 물처럼 마신다. 나도 덩

존재하지 않음

095

우리를 수다쟁이로 만들어 준 음식과
페루 대표 맥주, 쿠스케냐

달아 물처럼 마셨다. 시원한 쿠스케냐 맥주를 연거푸 마신 우리는 취기가 올랐는지 맞장구 실력이 점차 늘었다. 나는 이제 영어+한국말이 나왔다. 미쉘은 대견하게도 잘 알아듣는 것 같았다. 우리는 자정이 넘어갈 때까지 이야기꽃을 피웠다. 대화를 하면서 주위를 둘러보니, 사람들의 귀들은 우리 이야기에 쫑긋하고 있었다.

깊은 밤이 되니 날씨가 쌀쌀하다. 나는 자리를 정리하고 미쉘에게 다음에 꼭 보자며 인사를 했다. 미쉘은 아쉬운 표정으로 나를 바라본다. 나도 금세 정이 들었는지, 헤어지는 게 아쉽다. 그래도 서로의 여행을 위해서 축복해 주며 헤어졌다.

다시 호텔로 돌아와 침대에 누우니 귓속이 간지러웠다. 나는 그날 밤, 귓속에 박혀 있는 수백 개의 영어단어들을 빼냈다. 미쉘로 인해 영어듣기평가는 100점을 받을 수 있을 것 같다.

깨달음

영어듣기를 잘하는 법? 그냥 계속 들으면 된다!

이키토스

아마존을 보라보라

아침 햇살에 눈이 부셔 겨우 일어났다. 알람소리를 듣고 일어난 것이 아니라, 불안했다. 시계를 보니 8시다. 다행히도 늦지는 않았다. 씻고 나가는 데 10분이면 충분하다.

나의 단잠을 깨운 아침 햇살이 창문 사이로 스며들어온다. 커튼을 걷고 창문을 열었다. 바깥에 보이는 아마존강에 햇살들이 황금빛으로 잘게 부서지고 있었다. 아침부터 들려오는 풀벌레의 노랫소리는 찡그렸던 나의 표정을 녹여 준다. 아마존강을 타고 온 풀내음들은 매우 향긋하다. 느끼한 크림스파게티를 먹고 피클 대신에 숨한 번 쉬면 될 것 같은 청량감 가득한 향기들이다. 핸드폰으로 신나는 팝을 틀어 놓고 시원하게 샤워를 했다. 모든 준비를 완벽하게 끝낸 나는 시간에 맞춰서 여행사 앞으로 갔다. 그곳에서는 토레스가 나를 기다리고 있었다. 운명의 주사위는 성공이다! 나는 토레스 옆에 있는 동생과 인사를 나누었다. 그의 이름은 플라비오다. 나는 편하게 '준'이라고 소개했다. 나는 같이 즐거운 여행을 해 보자고 말했다. 플라비오는 리마에서 챙겨온 큰 가방을, 나는 내 배낭을 메고 아마존으로 들어가는 항구로 향했다.

　플라비오는 인디오 출신으로, 정글에 대해서는 잘 알고 있다고 한다. 믿음직스럽다. 항구에 도착했다. 항구 근처에도 로컬시장이

굼벵이는 반드시 야무지게 익혀 먹자

× 그래도 나에게는 자유가 있다 ×

형성되어 있는데, 벨런마켓 못지않게 혐오스럽다. 우리는 배를 타기 전에 시장에서 허기를 때우기로 했다. 어제 먹었던 아구아헤 쥬스를 시작으로, 옆의 좌판을 보니 꿈틀거리는 굼벵이들이 구워지고 있다. 플라비오가 맛있다며 먹어 보자고 한다. 굼벵이가 뜨거움에 꿈틀거리다 지쳐 노릇하게 익었다.

우리는 각각 한 개씩 꼬치를 들고 먹었다. 내 것은 살짝 덜 익었는지 씹으니 즙이 풍부하게 나왔다. 나는 차마 뱉을 수 없어 입안에서 즙의 향기를 느꼈다. 굼벵이는 머리는 안 먹고 몸통만 먹었는데, 제법 고소하다. 적응만 잘하면 굼벵이도 인류의 주식이 될 수 있을 것 같다는 생각이 들었다. 대신 잘 구워야 한다. 즙이 나오면 다신 먹기 싫어질 것이다.

우린 굼벵이를 먹고 난 다음, 과일을 먹었다. 'guama'라고 불리는 과일인데, 가늘고 긴 오이형태로 반으로 갈라 씨를 감싸고 있는 과육을 먹는다. 식감은 오이와 바나나의 중간으로, 오이처럼 아삭아삭하고 바나나처럼 부드러웠다. 맛 또한 당도가 높아 정말 맛있었다. 계속 먹어도 질리지 않을 만큼 나에게 있어서는 수박에 이은 최고의 과일이다.

배를 좀 채우고 시장을 둘러보니

Guama는 씨앗을 감싸고 있는 하얀색의
과육 맛이 일품이다

발렌마켓보다 더욱 다양한 생선들이 많다. 거대한 민물고기, 피라루쿠, 피라냐 등 각종 생선들이 많았으나, 딱히 먹음직스럽게 생기진 않아 생선구이는 먹지 않았다. 마지막으로 인간의 본능인 영생의 꿈을 위해 거북이알을 한 번 더 먹고 배를 타러 갔다.

플라비오의 할아버지가 배를 타고 오셨다. 그리고 우리는 다른 관광객들과 함께 배에 올랐다. 투어 프로그램를 신청한 관광객들이다. 플라비오가 말하기를 들어갈 때는 이 배를 타고 같이 들어가지만 아마존에서는 배가 따로 있어 우리 둘이 그 배를 타면 된다고 한다. 그렇게 우리는 엉겁결에 2명의 관광객들과 함께 배를 탑승했다. 마음씨가 고운 플라비오는 관광객들에게 아마존에 관해 설명해주었다. 관광객들이 리마에서 온 페루인이라 플라비오의 말을 잘 알아듣는다.

배는 드넓은 아마존강을 천천히 항해한다. 굳이 빨리 가지 않아서 좋다. 배 선수 쪽에 걸터앉아 멍하니 바라본 아마존강은 그 넓이와 크기가 실로 어마어마하다. 바다라고 생각해도 좋을 만큼 크다. 갑자기 플라비오가 커다란 배를 손가락으로 가리킨다. 의아한 표정을 짓는 내게, 플라비오는 군함이라 소개한다. 강가에 해군이 있다니……. 조금 더 가니, 규모가 제법 큰 중형조선소가 나온다.

아마존의 강은 정말 상상 이상이었다. 큰 강줄기를 따라가다 작은 줄기로 빠졌다. 그곳엔 울창한 숲이 우거져 있었는데, 강물은 마치 거울처럼 잔잔했다. 그 평화로움에 걸맞게 배는 천천히 이동했다. 30여 분을 달려 엔진을 정지하고 서서히 선착장에 배를 정박한다. 표지판에는 '보라보라섬'이라고 적혀 있다. 플라비오는 "보

보라보라섬의 원주민

라보라 섬에 왔으니 저 관광객들이랑 구경이라도 하고 와."라고
말한다.

　당연히 배에만 있을 내가 아니다. 난 페루인 2명과 같이 섬 안으
로 들어갔다. 어디선가 노랫소리가 들려온다. 숲이 워낙 울창해서
노랫소리가 더 크게 울려온다. 숲 속에서는 상의를 벌거벗은 원주
민들이 춤을 추고 있었다. 우리가 도착하니, 건장한 청년이 내 손
을 잡더니 뱅글뱅글 돌면서 같이 노래를 부르며 춤을 췄다. 그런데
젊은 처자들도 상의를 탈의하고 있어 매우 당혹스러웠다. 다행히도
나는 짙은 선글라스를 쓰고 있어 시선 처리는 완벽했다.

　춤이 끝나자, 원주민들은 우리를 의자에 앉힌다. 그리고 부족원
모두가 우리 팔에 팔찌와 목걸이, 반지를 모두 착용시킨다. 이게 뭔
가 싶어 어리둥절했는데, 판매용이다. 지금까지 모두 상업적이었던
것이다. 실망감이 컸다. 정말 원주민인 줄 알았다 모두 장사치 같이

처음으로 구입한 기념품 아나콘다 팔찌

느껴져 아무것도 사지 않으려고 했는데, 그중에 너무 귀여운 팔찌가 있었다. 아나콘다 가죽으로 만든 팔찌였는데 너무 예뻐서 덜컥 사고 말았다. 여행 오고 처음으로 산 기념품이다.

나에게 물건을 판 소녀가 기분 좋게 웃는다. 반대로 생각해 보니, 이들에게는 이것이 생계인 것이다. 나는 안타까운 마음을 뒤로하고 보라보라섬을 떠났다.

무심코 놀러온 관광지가 어떤 이들에게는 치열한 삶의 현장이다.

아마존

내 사랑 나무늘보

플라비오와 단둘이 배를 타고 본격적으로 아마존을 구경하러 나왔다. 플라비오는 좁은 강을 능숙하게 운전하며 큰 물줄기로 나간다. 한껏 기대되는 마음을 안고 배를 탄 지 1시간쯤 갔을까? 동물보호구역에 정박했다. 플라비오가 선외기로 방향을 잡고 나는 선수에서 로프로 배를 고정했다. 육지에 발이 닿자마자 원숭이들이 달려온다. 원숭이들은 내 몸에 올라타더니 마구 까불어 댄다. 다른 원숭이들은 내 주머니에 있는 딱딱한 빵 쪼가리를 갖고 도망간다. 어린 시절 재밌게 봤던 정글북의 주인공, 모글리가 된 기분이다.

목 뒤로 숨어서 내려오지 않는 원숭이

플라비오가 원숭이들의 종

류에 대해 설명해 주었다. 카푸치노 원숭이, 스파이더원숭이, 마
초원숭이 등 이곳은 원숭이 천국이다. 원숭이들은 얼마나 살갑던
지 퇴근길에 통닭을 사 온 아빠를 마중 나온 아이처럼 달려와서 나
를 올라타고 능숙하게 주머니를 뒤진다. 원숭이한테 괴롭힘을 당하
기는 처음이다. 어깨 위에 올라와 있는 원숭이를 달래 보았지만 손
이 잘 안 닿는 걸 알고 그런 건지, 등 뒤에서 안 내려온다. 플라비오
는 한참을 웃으며 지켜보다 원숭이들을 혼내니 원숭이들은 순식간
에 도망간다.

걷다 보니 플라비오가 나무 위를 가리킨다. 안경을 쓰지 않아 흐
릿하게 보인다. 플라비오가 나무에 올라가 무언가를 떼어 냈다. 자
세히 보니 나무늘보다! 세상의 모든 이치를 깨우친 표정의 내 사랑,
나무늘보. 플라비오가 나에게 나무늘보의 나무가 되어 주라고 한
다. 나무늘보가 플라비오 품에서
떨어지지 않으려고 한다. 이렇게
사랑스러울 수가 있을까? 가까스로
나무늘보가 내 품에 안겼다.

나무늘보의 손발톱은 생각보다
길고 뾰족했다. 나무늘보는 나를
꼭 껴안고 움직이지를 않는다. 얼
굴을 보니 어리벙벙한 표정이다.
나는 나무늘보를 쓰다듬으면서 사
진을 찍었다. 다른 동물들은 한시
라도 가만히 있지 못하고 고개를 휙

아빠가 된다는 기분은 바로 이런 걸까?

움직임이 거의 없는 나무늘보와 셀카 찍는 것은 그리 어렵지 않다

홱 돌려서 같이 사진을 찍기 어려운데, 나무늘보는 정확히 초점을 맞춰서 카메라를 응시한다. 찍힌 사진을 보니, 예쁘게 잘 나왔다.

나무늘보 무게가 꽤나 무거워 떼려고 하는데 나한테서 떨어지지 않으려 한다. 마치 내가 아빠가 된 듯하다. 내가 두 손으로 받치고 있지 않아도 나무늘보는 긴 손톱을 이용해 나에게 꽉 안겨 있는다. 나는 나무늘보를 안고 들판을 걸어 다녔다.

플라비오가 갑자기 걸음을 멈췄다. 이상한 낌새를 눈치 챈 나는 그 자리에 멈춰 섰다. 나무 밑에서 이상한 울림이 느껴진다. 플라비오가 나무로 가 보라고 한다. 살며시 나무에 가 보니, 아나콘다가 똬리를 틀고 울어대고 있었다. 난 매우 놀라서 뒤로 넘어질 뻔했다. 그런데 옆구리가 아팠다. 자세히 보니 내가 놀라서 소리를 지를 때 나무늘보도 놀라서 나를 꾸욱 누른 것이다. 그러나 역시 표정에 변화는 없다.

"놀라게 해서 미안해, 나무늘보야."

난 아나콘다가 울음소리를 낸다는 걸 처음 알았다. 기도를 통해 소릴 내는 것이 아니라 뭔가 진동시켜 내는 저음이었다. 소리만 들어도 등골이 오싹하다. 플라비오가 아나콘다를 들어 같이 사진을 찍어 보지 않겠냐며 제안했다. 잠시 고민했지만, 언제 해 보랴? 나무늘보를 플라비오에게 맡기고 아나콘다를 목에 감아 봤다. 고맙게도 아나콘다는 내 목을 조르지 않았다.

나는 아나콘다를 쉬고 있던 자리에 내려두고 다시 걸었다. 이번에는 조그마한 습지가 나왔다. 플라비오가 막대기로 휘휘 습지를 저어 본다. 그런데 뭔가 '어흥' 하더니 물속에서 무엇인가 튀어나왔다가 들어갔다. 나뭇가지는 잘려 있었다. 나도 물이 갑자기 튀어 놀랐다. 이번에도 나무늘보가 손톱으로 내 옆구리를 구멍 낼 것 같았다. 앞으로는 놀라도 소리를 치면 안 되겠다. 플라비오가 다시 한 번 획획 나무를 젓더니, 순식간에 덩치가 큰 괴물을 건져 올린다. 자세히 보니, 아마존에서만 서식하는 마타마타 거북이다. 나무늘보를 플라비오 품에 다시 맡기고 마타마타 거북을 뒤에서 잡으려고 하는데, 고개를 획획 돌리며 물려고 한다. 저 괴물한테 물리면 적어도 절단이다. 나는 조심스레 뒤로 다가가 한 번에 덮쳤다. 마타마타 거북을 덮친 건 성공했는데 생각보다 엄청 무거웠다. 그런데 거북이가 공중에서 손과 발을 허우적거리며 고통스러워하는 것 같아 바로 물속으로 내려놓았다.

나는 마타마타 거북이에게 사과하고 다시 나무늘보를 안아 줬다. 지구상에 이런 특이한 포유류도 없을 것이다. 나무늘보는 공

화가 단단히 난 마타마타 거북

격력 0, 방어력 0이다. 어떻게 이 험한 아마존에서 대대손손 번식이 가능한지 의문이다. 이제 나무늘보랑 작별할 시간이 다가왔다. 나무늘보를 원래 있던 나무에 내려 주니, 한동안은 나무에 매달려 나를 가만히 응시한다. 너무 사랑스러운 내 동생 , 나무늘보에게 가기 전에 뽀뽀를 해 줬다. 그랬더니 나무늘보는 슬금슬금 나무 위로 올라간다.

우리는 분명 서로를 신기해하고 있었다

"항상 행복해, 아프지 말고."
플라비오는 멀리서 앵무새랑 놀고 있었다. 나무늘보와 작별 인사를 하고 플라비오가 있는 곳으로 갔다. 색이 화려한 앵무새가 있다. 어디 도망가지도 않는다. 나는 나를 빤히 쳐다보는 앵무새를 쳐다보았다. 우린 분명 서로를 신기해하고 있었다. 앵무새에게 아구아헤스 과일을 줬더니, 부리를 이용해 열매를 잘 파먹는 것이 기특하다. 가만 보니 앵무새 뒤통수의 삐친 머리가 보인다. 내가 삐친 머리에 침을 발라 눌러 줬는데도 다시 삐친다. 자다가 막 일어난 것 같은 머리가 마치 아침의 내 모습 같다. 앵무새 뒤통수의 곡선이 아름답게 생겨 다시 한 번 쓰다듬어 주고 나왔다.

어렸을 적 꿈꿔 왔던 포켓몬스터 세상은 지구상에도 존재한다.
그곳은 바로 아마존!
깨달음

아마존

분홍돌고래와 수영하다

　동물 친구들과 작별을 한 뒤, 다시 배를 타고 다른 곳으로 향했다. 이번에는 내가 운전하기로 했다. 플라비오는 선수에서 방향을 잡아 준다. 해가 중천을 지나 있어 날씨가 많이 시원해졌다. 플라비오가 방향을 잡아 주고 우리는 배를 타고 아마존강으로 나갔다.

　그때였다. 순간 나는 두 눈을 의심했다. 수면 위로 뭔가 숨을 쉬러 올라왔다. 플라비오한테 물어보니 돌고래라고 한다. 아마존에는 '보뚜'라고 불리는 분홍돌고래가 산단다. 난 엔진을 정지하고 가만히 수면을 바라보았다. 10분 간격으로 돌고래들이 수면 위로 숨을 쉬러 올라온다. 아마존에서 돌고래를 보다니! 적갈색 강물에 분홍빛 돌고래는 놀라울 만큼 섹시했다.

　플라비오는 특유의 휘파람으로 보뚜를 애타게 불러 보았지만 보뚜는 바빴다. 얼굴 비춰 주는 시간이 짧고 어디서 올라올지 몰라 카

× 그래도 나에게는 자유가 있다 ×

분홍 돌고래 보뚜를 사진에 담는 것은 쉬운 일이 아니다

해가 저물어 가는 아마존의 오후, 집으로 돌아가는 길

메라로 담기엔 힘들었다. 나는 카메라 화면 속에 갇혀 있는 보뚜를 보고 싶지 않은 마음에 그냥 눈에 담기로 했다.

해가 뉘엿뉘엿 다시 한 번 아마존의 하늘이 붉게 물든다. 모든 게 아름답다. 우리 둘은 서로 말을 아낀 채 하늘만 바라보았다. 난 훌러덩 옷을 벗고는 아무 생각 없이 강으로 뛰어들었다. 그리고 신나게 헤엄쳤다. 플라비오에게도 손짓했더니 마치 준비라도 한 것처럼 옷을 벗어던지고 바로 물로 뛰어든다.

붉게 물든 하늘, 우리 옆에는 분홍돌고래들이 같이 헤엄을 치고 있다. 어떠한 단어로도 형용할 수 없는 낭만이다. 8살 때 만화 속에서 느꼈던 설렘과 감성이 마음 한구석에서 마구 피어올랐다.

우리는 아마존 한가운데 모래와 흙이 퇴적되서 만들어진 뻘섬으로 헤엄쳐 올라갔다. 발이 푹푹 빠지니, 나도 모르게 신난다. 진흙을 온몸에 다 묻히고는 어린아이처럼 뒹굴면서 놀았다. 수면 위로는 아직도 분홍돌고래들이 신나게 숨을 쉰다. 이렇게 아름다운 지구에 태어난 것이 자랑스럽고 행복하다. 자연과 함께할 수 있다는 것은 축복이다.

바다에서 수영하고 들판에서 뛰 놀때, 비로소 나는 행복했다. 평생자연을 벗 삼아 살고 싶다. 내가 속해 있는 현대사회에서는 남의 시선을 의식하게 된다. 어떤 차를 타고 몇 평짜리 집에 살아야 하고……. 하지만 여행을 오니 남의 시선을 신경 쓸 필요도 없다. 그저 내가 행복한 것만 생각하면 된다. 그래서 여행 와서 스스로 찾은 행복들이 더욱 값진 것 같다.

진흙 뻘에 앉아 가만히 붉게 물든 석양을 바라보니 이런저런 생각에 만감이 교차한다. 플라비오는 배로 돌아가 정리하고 있다. 바람이 수풀을 가르는 소리만 들려오는 섬에 홀로 앉아 있으니, 돌아가기 싫다. 플라비오는 먼발치 나를 바라보며 걱정한다. 나는 아쉬운 마음에 얼굴에 아마존산 머드팩을 한 번 더 칠하고 배로 열심히 헤엄쳐 갔다.

플라비오와 신나게 진흙놀이를 한 후

플라비오는 선수 쪽으로 갔다. 나는 아무 말 없이 엔진에 시동을 걸었다. 숙소로 돌아오는 길 혼자 되뇌였다 "고마워 아마존"

깨달음
기록의 영원함을 원한다면 사진보다 마음속에 담아 두자.

아마존

비 내리는 아마존의 밤

플라비오는 나에게 정글을 구경시켜 줘야겠다는 사명감 때문인지 해가 저문 뒤에 정글에 가면, 내가 좋아하는 동물들이 많을 거라며 나가자고 한다. 하지만 비가 너무 많이 온다. 난 우의도 없었지만, 플라비오는 무조건 나가야 된다고 한다. 꼭 보여 주고 싶은 게 있다는 것이다. 나는 하는 수 없이 바람막이 재킷과 장화를 챙겨서 플라비오를 따라갔다.

플라비오가 손전등이 있어서 앞장선다. 나도 방수팩을 대신하여 비닐에다가 핸드폰을 넣고 손전등 모드를 켰다. 이제는 나보다 플라비오가 더 신난 것 같다. 정글의 밤은 손전등이 없이는 길을 찾을 수 없다. 한 치 앞도 내다볼 수 없을 만큼 컴컴하기 때문이다. 장난으로 플래시를 꺼 보았는데, 칠흑같이 어두워 눈뜨고도 잘 수 있을 것 같다. 손전등을 켜니 다시 밝아졌다.

생각보다 긴장이 된다. 행여나 플래시 배터리가 나가거나 맹수를
만나면 모든 게 끝장이다. 정글도와 손전등은 플라비오가 들고 있
기 때문에 지금 이 순간만큼은 플라비오의 말을 잘 들어야 한다.

비 오는 밤, 정글을 헤치며 이곳저곳 돌아다니는데 플라비오가 걸
음을 멈췄다. 그리고 가까이 와 보라고 손짓하며 플라비오는 앞으로
성큼성큼 다가가 무언가를 집어 온다. 희미한 핸드폰 손전등으로 비
추자마자, 나는 그 자리에서 온몸이 굳어 버렸다. 플라비오 손에는
얼굴만 한 괴물개구리가 '끄악끄악' 하며 비명을 지르고 있었다.

어렸을 때 어머니랑 개구리를 잡으러 갔다가 어머니가 크림빵을

정체를 알 수 없는 개구리

사러 간 사이, 홀로 남은 내 주위에는 개구리들이 사방에서 울어대며 나를 에워쌌다. 그날 이후, 난 개구리 공포증이 생겼다. 개구리는 크기를 막론하고 모두 징그럽고 무서웠다. 이러한 트라우마는 군 시절까지 나를 괴롭혀 상당히 고생했다. 경계근무를 나갈 때에도 후임병들이 개구리를 처치해 줄 정도였다.

이 정도로 개구리 트라우마가 있는데, 내 앞에 개구리가, 그것도 '괴물'개구리가 있으니 정말이지 졸도할 뻔했다. 플라비오도 느낌이 이상했는지 개구리를 풀어 주고 나에게 괜찮으냐고 물어본다. 난 손짓발짓을 동원해 가며 개구리는 나에게 공포에 대상이라고 설명했다. 플라비오는 괜찮다며 나를 달랬다. 그날 밤, 나는 개구리왕국에 와 있었던 것이었다.

진흙 밭에는 괴물개구리, 나뭇잎 위에는 악마같이 생긴 개구리, 강가에는 독개구리, 수풀 사이에 숨어 있는 드라큘라 개구리 등 별의별 징그럽게 생긴 개구리들이 날 보며 환영의 인사를 한다. 이제 고함을 지를 힘도 없다. 너무나도 많은 나머지, 개구리는 이제 공포의 대상이 아니라 귀찮음의 대상이 되어 버렸다. 길가에 개구리가 보이면 발로 툭 차 보내곤 했다. 공교롭게도 그날, 20년을 넘게 날 괴롭히던 개구리공포증이 거짓말처럼 사라졌다.

그러나 개구리는 시작에 불과했다. 이제는 뱀이다. 그것도 낮에 봤던 아나콘다다. 나는 아나콘다가 땅이나 강가에 살 줄 알았는데, 나무 위에도 있다. 언제, 어디서 출몰할지 모른다. 플래시를 비추기가 겁이 난다. 인기척이 들려 플래시를 비춰서 개구리면 다행이지만 뱀이면 소름이 돋는다.

내가 왜 따라 나와서 이 고생을 하는지……. 그날 밤 수백, 수천 가지의 양서류와 파충류들은 정글의 밤을 맞이하는 파티를 한바탕 벌이고 있었다. 내가 평생 볼 양서류와 파충류는 그날 저녁 모두 본 것 같다.

플라비오는 나에게 새로운 경험을 시켜 준다는 자부심에 더욱더 적극적이다. 난 괜찮다고 하지만 자꾸 이상한 곤충을 잡아온다. 플라비오의 교육열에 정말 고맙고 감동이었지만, 무의식 속에 있는 공포를 이겨 내긴 힘들다.

비는 더욱더 거칠어지고 1시간쯤 걷다가 이제 그만 돌아가자고 했다. 외길로만 쭉 온 게 아니라 그냥 아무 곳이나 돌아 다녀서 지금 우리가 어디 있는지도 모르겠다. 플라비오에게 집에 찾아갈 수 있는지 물어봤더니, 자기 고향이라고 걱정 말라며 자신있는 표정으로 웃어 보이기까지 한다. 눈을 감고도 갈 수도 있다는 것이다.

그렇게 우리는 3시간 동안 집을 찾아서 헤맸다. 집에 도착해 장화를 벗고 방으로 들어가니 아무것도 보이지 않는다. 내가 방에 들어온 건지, 아니면 아직도 정글인지 모르겠다. 컴컴했다. 우주의 생성 전 태초 무의 상태는 바로 지금과 같을 것이다. 핸드폰 배터리도 방전되어 방법이 없다. 난 더듬더듬 침대를 찾아서 씻지도 못하고 그대로 누웠다. 신기하다. 내가 눈을 뜬 것과 감은 것에 별 차이가 없다. 나는 눈을 뜬 채 내일 무엇을 할지 생각했다.

그런데 일어나 보니 아침이었다.

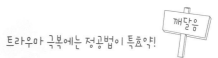

트라우마 극복에는 정공법이 특효약!

아마존

피라냐 낚시

플라비오는 어느새 일어나 아침 준비를 거들고 있었다. 나는 체력이라면 자신 있었는데, 아침 일찍 일어난 플라비오를 보니 존경스러웠다. 우리는 아침식사로 간단하게 딱딱한 빵과 뜨거운 물을 먹었다. 다행히 비행기 타면서 기내식으로 나왔던 딸기잼과 버터가 가방에 있어 플라비오와 나눠 먹었다. 빵이 딱딱해 잘 안 넘어가 뜨거운 물에 적셔서 잼이랑 같이 먹어야 했다. 그런데도 어쩜 이렇게 맛있을까? 사람의 미각은 절대적인 게 아니라 상대적이라는 사실을 아마존에서 아침을 먹다가 깨우쳤다.

의욕왕 플라비오는 배가 고프니 낚시를 해서 생선구이를 해먹자고 한다. 그리고 낚싯대와 미끼를 챙긴다. 나도 옷을 챙겨 입고 플라비오를 졸졸 따라갔다. 플라비오는 어제 수영했던 곳으로 배를 운전하여 닻을 내려 고정시키고 낚싯대를 준비했다. 낚싯대라고 해

봤자, 나뭇가지에 바늘이 연결된 줄만 묶어둔 것이다.

우리는 바늘에다가 돼지고기를 잘게 잘라 꼽고 낚싯대를 강에다 담갔다. 낚싯대를 물에 넣자마자 '투둑투둑, 툭툭' 하더니 먹이를 먹고 잽싸게 도망간다. 그래서 다시 미끼를 끼워 담그면 또 바로 미끼를 빼먹는다. 나는 또 돼지고기를 바늘에 단단하게 꼽고는 줄이 팽팽하게 되어 있는 상태를 유지하며 물에 담갔다. 그리고 입질이 바로 오자마자 잽싸게 낚아채 들어 올렸지만, 이번에도 또 놓치고 말았다.

나는 다시 한 번 잘게 잘린 돼지고기를 바늘에 끼고 강에 담갔다. 이번에는 3초 뒤에 '투둑둑둑둑' 하더니 미끼를 빼갔다. 시간차 공격을 당한 것이다. 도무지 감이 오지 않는다. 태어난 곳도, 자라난 곳도, 일하는 직장도, 살고 있는 곳도 모두 바다 근처여서 낚시를 접할 기회가 많았지만, 어찌 된 일인지 이번 낚시는 타이밍을 통 못 잡겠다. 플라비오 낚싯대도 마찬가지다. 자꾸 미끼만 쏙 빼먹고 도망간다.

이제부터 자존심 대결에 들어간다. 난 미리 미끼를 준비하고 피라냐가 먹이를 먹고 도망갈 때마다 미끼를 바로 교체하여 기회를 엿봤다. 우리 서로 말은 안 했지만 플라비오 역시 손놀림이 빨라진다. 이제는 누가 먼저 잡느냐가 승부를 판가름한다. 계속되는 신경전 끝에 승자는 플라비오였다. 플라비오 쪽을 힐끔 보니, 물에 담그자마자 그냥 끄집어 올렸는데 피라냐가 잡힌 것이다. 드디어 잡았다! 플라비오는 매우 즐거워한다.

그런데 여기서 잠깐, 온몸에 소름이 돋는다.

"플라비오, 우리 어제 여기서 수영했잖아. 하마터면 피라냐 밥이 될 뻔했어."

"괜찮아, 애네는 착한 피라냐야."

"……?"

사실 아침에 빨래를 하면서 수영복 엉덩이 쪽에 구멍이 나 있는 것을 발견했다. 어디 긁힌 적도 없는데 구멍이 왜 났나 생각하다가 그냥 넘어갔는데, 어쩌면 피라냐일 수도 있겠다는 생각에 소름이 돋았다.

나는 다시 낚싯대를 던졌다. 하지만 줄이 뒤엉켜 바늘이 물에 빠지자마자 곧바로 낚싯대를 들어 올렸는데, 꽤 묵직하다. 바로 피라냐가 잡힌 것이다. 엉겁결에 피라냐를 잡은 나는 피라냐 몸통을 꽉 잡고 입에 걸린 바늘을 뺐다. 피라냐는 화가 났는지 이를 딱딱 부딪치면서 이빨을 갈아댄다. 그 모습을 보고 있자니, 걸리면 뼈도 못 추릴 것 같다. 뾰족한 이빨의 아귀는 어찌나 잘 맞는지 조그마한 나뭇가지는 단번에 싹둑 잘린다. 하지만 원주민들은 이러한 피라냐를 공포의 대상이 아니라 그저 식량으로만 생각한다고 하니, 신기하고 놀라울 따름이다.

첫 피라냐 낚시 성공

나는 처음 잡은 피라냐를 물통에 던져 놓고 다시 채비를 하여 물에 담갔다. 이제는 비법을 터득하여 입질이 있든 없든 일단 던지고 2초 뒤에 바로 올렸다. 그랬더니, 아주 잘 잡힌다. 피라냐 낚시에는 기다림의 미학이 없다. 쉬지 않고 피라냐들을 낚으니 10분 정도 지나 미끼를 다 사

아마존 강에는 함부로 들어가지 말자

용했다. 플라비오를 바라보니, 잡은 피라냐를 손질해서 다시 미끼로 사용하고 있었다. 조금은 징그러웠지만 신기하게도 잘 잡힌다.

우리는 한 시간도 채 안 돼 물바가지 안에 피라냐를 가득 채웠다. 피라냐를 집어넣는다고 물바가지 안의 물을 많이 뺐더니, 바가지 안에서 피라냐들은 요동을 친다. 제 아무리 피라냐라도 죽음 앞에서는 몸부림을 친다. 나는 잡은 피라냐들을 가져가도 다 못 먹을 것 같아, 플라비오에게 모두 방생해 주자고 했다. 플라비오는 피라냐 구이가 맛있다며 가져가자고 했지만, 막상 잡힌 피라냐들이 불쌍했다. 내가 방생하자고 조르자, 플라비오는 아쉬운 듯 그렇게 하자고 한다.

나는 물바가지를 아마존 강에 엎어 피라냐들을 다시 풀어 줬다. 착한 일은 남모르게 해야 하지만, 풀어 주면서 천국에 가게 해달 라고 빌었다. 몇몇의 피라냐들은 둥둥 배를 까 보이며 떠올랐지 만, 9할은 다 제 살길 찾으러 갔다. 다만 운명을 다한 1할 때문에 아무래도 천국은 못 갈 것 같다. 우리는 낚시를 끝내고 그냥 그렇게 배 위에서 잠이 들었다.

깨달음

몸에 상처가 있으면 아마존에서 절대 수영 금지!

아마존

아마존에서 후송되다

아침부터 으슬으슬 몸살기가 있었는데, 아무래도 오한이 든 것 같다. 머리도 어지럽다. 몸 상태가 급격히 나빠지는 게 느껴진다.

여행 출발 전, 볼리비아 비자 발급을 위해 황열병 주사를 맞으러 갔었다. 주사를 놔 주시는 간호사분이 아마존에 들어가면 모기나 각종 벌레들이 바이러스나 병균들을 옮길 수 있으니 각별히 조심하라고 했는데, 문득 그 생각이 난다. 나는 지금까지 아마존의 더위 때문에 맨살들을 노출시키고 다녔다. 점심시간이 되었지만, 난 어제부터 먹었던 음식들을 모두 게워냈다. 침대에 누우니 온 세상이 빙글빙글 돌아간다. 순간 무서워졌다. 여기서 죽으면 아무도 모를 것 같다. 제발 큰 병이 아니길 바랄 뿐이다.

고등학교 2학년 여름방학, 혼자 몽골과 중국으로 배낭여행을 다녀온 적이 있다. 여행 후 한 달 정도 지나 몸살기가 생겨 참고 살다가, 어느 날 집안 화장실에서 쓰러졌다. 병원에 가니 급성 A형간염이었다. 간수치가 정상의 200배가 넘는 수치였다. 온몸에는 노랗게 황달현상이 찾아오고, 하마터면 간이 녹아 생명을 잃을 뻔했다. 지금 그때 기억들이 떠오른다.

여기는 제대로 된 의료시설이 없어 걱정이 된다. 방에서 쓰러져 누워 있는 날 플라비오가 흔들어 깨운다. 플라비오는 내 주변의 짐들을 가방에 담은 후, 나를 부축해 준다. 플라비오에게 어디 가냐고 물었더니, 이키토스로 나가야 한다고 한다. 난 대답할 힘도 없이 배에 올랐다. 플라비오는 엔진에 시동을 걸고 황급히 출발한다. 난 배 한가운데 앉아 강을 바라보며 토를 하며 갔다. 이키토스로 나가는 길은 3시간 정도였다. 토하다가 지친 나는 잠이 들었다.

이키토스에 도착하니, 선착장에는 토레스가 나와 있었다. 플라비오는 집안의 일로 다시 아마존으로 들어가겠다고 한다. 우린 제대로 작별인사도 하지 못한 채 헤어졌다. 마중 나온 토레스가 나를 부축하여 줬다.

그렇게 우리는 여행사 사무실에 도착했다. 그런데 갑자기 토레스가 병원에 가자고 했다. 하지만 나는 병원을 믿을 수 없었다. 의사소통도 안 되는데다 오진이라도 한다면? 생각만 해도 끔찍하다. 그나마 오전보다는 많이 좋아져 약국까지 걸어갈 수 있었다. 나에게 증상을 물어보는 약사님에게 난 아마존에 들어갔다 나왔으며, 오한이 나고 열나고 토했다고 말했다. 이 모든 말을 마임으로 표현하여 내가 전하고자 하는 뜻이 제대로 전달됐는지 모르겠다. 약사님은 뭔가 깨달은 듯 약을 뚝딱 지어 주셨다.

그러더니 나에게 술 마실 거냐고 물어본다. 나는 농담 삼아 이따 괜찮아지면 맥주 한 잔 마실 거라고 웃으며 말했다. 약사님은 내가 술을 마신다면 약을 줄 수 없다며 단호하게 거절한다. 살려면 약을 먹어야 한다. 나는 절대 술을 마시지 않겠다고 약속을 한 후에야 약을 받을 수 있었다.

토레스가 고맙게도 숙소를 구해 놨다며 데려다 준다고 한다. 숙소에 도착했더니 여직원이 리셉션에 앉아 K-pop을 듣고 있었다. 한국말이 어찌나 반갑던지, 더블에스 501의 노래가 내 병세를 반감시켜 줬다. 내가 체크인을 하기 위해 여권을 내밀자, 여직원의 눈에서 강한 호기심이 발사된다.

나는 직원에게 방의 열쇠를 인계받고 방으로 들어갔다. 방 안은 창문이 없어 꽤나 답답해 보였지만, 그래도 따뜻한 물이 나온다. 침대에 짐을 풀자마자 따뜻한 물로 샤워를 하고 나니 두통이 조금 가시며 몸 상태가 조금은 좋아졌다. 약을 먹고 한숨 자고 일어나니, 무슨 병명인지 모른 채 언제 아팠냐는 듯 모든 통증이 말끔히 사라졌다. 다행이라는 생각보다는 먼저 아쉬움이 밀려왔다. 아마존에서 좀 더 즐겁게 놀 수 있었는데, 너무 아쉽고 속상하다.

깨달음

건강이 재산!

의사소통이란

아마존에서 며칠간 밥을 제대로 먹지 못해 배가 고팠다. 나는 화장실 환풍구를 뜯어 가방을 숨기고, 지갑과 핸드폰을 챙겨서 로비로 나갔다. 로비에 키를 맡기려 하니 아저씨 한 분이 계신다. 아저씨는 나에게 잠깐 앉아 있으라고 하시고는 따뜻한 차를 내어오셨다. "따뜻한 차를 마시면 몸이 좋아질 거야" 아마도 내가 몸이 안 좋다는 사실을 토레스가 아저씨에게 귀띔해 준 것 같다. 토레스의 배려와 아저씨의 친절에 감동이 밀려왔다. 그리고 이제부터 지구 반대편의 나라에서 온 나를 향한 아저씨의 질문이 이어졌다.

"여자 친구는 있어?", "몇 살이니?", "학생이니?", "아마존 정글은 어땠어?"

난 그에 맞게 대답하며 대화를 이어 갔다. 아저씨는 나를 정말로 신기해하는 것 같다. 놀라운 점은 이 모든 게 언어가 아닌 손짓 발짓으로 나눈 대화라는 점이다. 아저씨는 영어를, 나는 스페인어를 전혀 못했지만 보디랭귀지를 통해 의사소통이 가능했다.

　동물들은 비록 언어가 없지만 그들만의 행동과 소리로 의사소통을 하듯이 아저씨와 나는 서로가 사용하는 언어가 전혀 달랐지만 우리는 분명 충분히 서로의 뜻을 이해하고 공감하였다.

언어란 의사소통을 하기 위한 도구 중 하나일 뿐이다.

쿠스코

택시 조수석에 숨어 있던 것은?

쿠스코공항에 도착했다. 숨을 쉬자마자 코끝에 차가운 바람이 느껴진다. 기온이 그렇게 낮은 정도는 아니었지만, 아마존에서 가벼운 옷차림으로 지내다가 갑작스런 기온 변화에 몸이 부들부들 떨려온다. '와라즈-아마존-쿠스코'의 여정은 급격한 기온 변화의 연속이었다.

나는 잔뜩 몸을 움츠린 채 택시 승강장으로 갔다. 그런데 갑자기 택시기사님들이 우르르 달려와 호객행위를 시작했다. 사실 나는 공항에서 시내로 들어갈 때의 택시요금을 모른다. 하지만 택시기사님이 50솔을 외치면, 나는 택시기사님들이 모여 있는 곳에서 절반 가격인 25솔을 외친다. 그럼 사람들은 하나둘씩 떠나고, 약간의 협상의지가 있는 분들은 끝까지 남아 35솔로 흥정을 한다.

그러나 나는 이에 굴하지 않고 줄곧 25솔을 외친다. 또 남은 택시기사님들이 떠나간다. 이제는 몇 분만이 남아 30솔을 외치지만, 난 단호하게 25솔을 외치고 바깥거리로 걸어 나갔다. 결국 마지막 택시기사님이 25솔로 가자고 하신다. 내가 흥정게임에서 승리한 것이다. 재미가 꽤 쏠쏠하다.

　기사님과 택시가 정차해 있는 곳으로 걸어갔다. 어두운 주차장에서 택시기사님은 친절하게 뒷자리 문을 열어 주신다. 그리고 트렁크에 가방을 넣으라고 하시지만, 걱정이 되어 안고 탔다. 아저씨가 운전석에서 시동을 거는 순간, 앞자리에 누군가 있다는 것을 직감한 나는 택시 출발 전, 문을 열고 탈출하였다. 그런데 조수석에 있던 사람은 어린 여자아이였다.

　사연을 들어 보니, 엄마가 돌아가셔서 아버지 혼자 택시 일을 하면서 키운다고 하신다. 내가 싼값에 택시를 흥정해도 할 수밖에 없었던 이유도 딸 혼자 이 어두운 차안에 두고 있기 미안해 얼마 남는 장사는 아니지만 그냥 25솔에 가기로 했다고 한다. 마음 한편이 먹먹해진다.

　딸아이는 혼자 있었던 게 무서웠던지 시트 밑에 움츠리고 있어서 내가 오해를 샀던 것이다. 아이의 표정을 보니 두려움이 가득했다. 눈물이 왈칵 날 뻔했지만 잘 참았다. 나는 아이에게 만화캐릭터 사진들과 음악을 들려주며 두려움을 떨칠 수 있도록 도와줬다. 다행히도 아이의 두려움에 떨고 있던 얼굴은 언제 그랬냐는 듯 금세 해맑은 미소로 가득 찬다. 아이의 눈동자는 순수하고 깨끗했다. 훌륭하게 자라길 바란다.

　20분 정도를 달려 아르마스광장에 도착했다. 난 잔돈을 챙겨 주지 않는 택시기사님들 때문에 항상 잔돈을 챙겨 다녔지만 이번에는 지갑에서 100솔을 꺼내 드리고 어린 딸아이에게 인사를 나누고 내렸다. 비록 얼마 안 되는 돈이지만, 아빠와 딸아이가 오늘 저녁만큼 은 따뜻하게 보냈으면 좋겠다.

깨달음

부모님, 키워 주셔서 감사합니다.

쿠스코

쿠스코 산페드로 시장

쿠스코 여행자라면 꼭 들러야 하는 산페드로 시장은 아르마스광
장에서 멀지 않은 곳에 위치해 있어, 10분 정도를 걸어갔다. 산페
드로 시장은 와라즈 시장과 발렌 시장에 비해 규모가 컸다. 특히 쿠
스코의 특징을 잘 표현한 아기자기한 기념품들이 상당히 많다. 종
류들이 다양하여 선택장애가 있는 분들은 꽤나 고생할 것 같다. 또
한 시장에는 잉카의 화려한 채색이 고스란히 담겨 있는 의류들이 많
았다. 가까이서 색감들을 보면 매우 강하지만, 먼발치서 바라보았
을 때는 강렬함과 온화한 색들이 조화를 이룬 예쁜 옷이다. 난 한국
에 돌아가서 입고 싶었지만, 배낭 무게를 위해 과감히 포기했다.

그리고 시장의 하이라이트인 먹거리 코너이다. 그곳에는 바나나,
딸기, 망고 등 각종 열대과일이 노점에 산더미처럼 진열되어 있다.
오늘은 스스로 딸기의 날로 정하고 딸기주스를 시켰다. 시장 아주

쿠스코 산페드로 시장 입구

머니는 새빨간 딸기를 듬뿍 넣고 연유와 함께 갈아 주신다. 다른 첨
가물은 전혀 들어가지 않는다. 말 그대로 100%에 가까운 생과일주
스다.

아주머니는 커다란 유리잔에 한가득 딸기주스를 따라 주신다. 딸
기주스는 뭐가 그렇게 부끄러운지 홍조를 띠고 있다. 주변에는 각
종 동물들이 해체되어 진열되어 있는데, 상큼한 딸기주스는 그런
비위까지 싹 이겨 내게 해 준다. 주스를 한 모금 마시니 8할의 달콤
함과 2할의 새콤함이다. 목 넘김 또한 얼마나 부드러운지, 이 딸기
주스에 알코올만 들어가 있다면 지상 최고의 술이 될 것이다.

내가 순식간에 한 잔을 다 마시자, 아주머니께서는 컵을 가져가 다
시 한가득 따라 주신다. 배가 불러오지만 그래도 맛있으니 천천히
다 마셨다. 그런데 아주머니가 다시 컵을 가져가시더니 한 잔 더 따

시장 내부에는 다양한 음식 코너가 존재한다

쿠스코 산페드로 시장에서 판매중인 알파카인형

라 주신다. 어마어마한 양이다. 만약 위장에서 딸기씨앗이 배아가 되다면 수만 개의 딸기가 생길 것 같다. 한국 돈으로 1,000원 정도 되는 가격에 딸기주스를 이렇게 원 없이 먹게 되다니 행복하다. 쿠스코 산페드로 시장의 명물은 뭐니 뭐니 해도 과일주스인 것 같다.

시장 구경을 하고 나오니 날이 어두워졌다. 길거리에는 노점을 정리하는 분주한 사람들, 술래잡기를 하는 아이들이 보인다. 마치 90년대 집 앞에서 볼 수 있는 광경 같아서 시간여행을 온 것만 같다. 산페드로 시장은 페루 현지인들의 삶에 가까이 다가가서 그들의 희로애락을 느낄 수 있게 해주었다.

현지의 문화를 느끼려면 전통시장으로!

쿠스코

세상에서 가장 아름다운 야경

　숙소에서 핸드폰으로 쿠스코의 야경을 검색하니 많은 여행객들은 산블라스 광장을 추천해 준다. 나는 춥지 않게 옷을 주섬주섬 챙겨 입고 숙소 밖을 나갔다. 쿠스코의 낮과 밤 기온 차이가 심해 몸이 으슬으슬하다.

　어제 시장에서 샀던 털모자를 푹 눌러쓰고 산블라스 광장으로 천천히 걸어 올라갔다. 산블라스 광장으로 올라가는 길, 길모퉁이 옆에 사람들이 웅성웅성 모여 있다. 자세히 보니, 그 유명한 12각의 돌이다.

　잉카문명시대에 잉카인들이 돌로 벽을 쌓았는데, 대충 쌓아 올린 것이 아니라 돌들을 정교하게 깎아서 레고 블록처럼 맞춰 올렸다. 그중 각진 모서리가 12개나 있는 돌이 있는데, 신용카드 한 장 안 들어갈 만큼 섬세하고 정교하다. 그것이 바로 12각의 돌이다. 12각의 돌은 잉카인에 정교함을 상징하는 돌이라 유명하다.

수많은 사람들이 12각의 돌 앞에서 기념사진을 찍는다. 그래서 나는 다시 산블라스 광장으로 올라갔다. 산블라스 광장으로 가는 길은 경사가 가팔라서 조금만 걸음을 바삐 하면 숨이 가빠 온다. 그리고 산블라스 광장 쪽은 치안이 안 좋다고 하여 주위를 경계하며 올라갔다. 좁은 골목길들은 굽이굽이 올라갈 때마다 한층 더 공포심을 불어넣어 준다.

그런데 골목 맞은편에 큰 그림자 2개가 다가온다. 고개를 들어 보니, 제복에 'policia'라고 적혀 있다. 경찰들이다. 그들도 내가 수상

우주에 은하수가 있다면 지구에는 쿠스코가 있다

우주공간에 떠있는 듯 착각을 불러일으키는 쿠스코의 야경

했는지 우리는 서로 발걸음을 멈췄다. 이런 상황에는 내가 먼저 말을 거는 것이 좋을 것 같다.

"너네 경찰이니?"

"응."

"여기 치안이 안 좋다는데, 괜찮아?"

"외진 곳은 조심해!"

그리고 경찰들은 산블라스 광장까지 친절하게 길을 가르쳐 주고 내려간다. 다행이다. 인적이 드문 곳이어서 괴한이었더라면 몽땅 털렸을 것이다. 산블라스 광장에 도착하니, 고요하다. 그리 늦은 시간은 아니지만 아무도 없다.

전망대에 올라서서 뒤로 돌아섰을 때 나는 깜짝 놀랐다. 우주공간에 와 있는 기분이었다. 수만 개의 반짝이는 별들이 쿠스코로 내려 앉아있었고 금빛과 은빛의 가로등은 도시를 은은하게 비추어 준다. 많은 사람들은 유럽의 야경이 최고라 하지만, 대부분은 인위적인 느낌을 지울 수 없었다. 그러나 쿠스코의 야경은 삶의 터전 속에서 나오는 아름다운 불빛이다.

야경 안에는 동생에게 공부를 가르쳐 주는 따뜻한 누나의 마음이, 토끼 같은 자식들을 위해 밥을 짓는 어머니의 마음이, 퇴근길 아이들을 보러 가기 위해 발걸음을 재촉하는 아버지의 따뜻함이 녹아들어 있다. 적막한 달동네 마을에서 가만히 도시의 야경을 바라보니 차분해진다. 게다가 좋지 않은 시력 덕분에 모든 불빛은 번져 보여 아름다움을 더해 주었다.

아쉬운 점이 한 가지 있다면, 아름다움을 사진으로 담지 못하는 것이다. 한국에서 미러리스 카메라를 가지고 온 이유도 야경들을 예쁘게 찍고 싶었기 때문이었다. 핸드폰 카메라로는 부족한 감이 있어 아쉬웠다. 나의 인생에 있어서 쿠스코의 야경은 슬로베니아 밤하늘의 은하수와 더불어 평생 잊지 못할 것 같다.

우연의 일치인지, 내가 잊지 못할 풍경들은 모두 사진으로 담지 못한 아쉬움이 있다. 그래서 이 아름다운 풍경을 하나하나 놓치기 싫어 천천히 마음속에 새겨 넣었다. 나는 바윗돌에 걸터앉아 음악을 들으며 자유롭게 생각을 열었다. 나와 오롯이 대화할 수 있는 시간이다. 여행에서 혼자만의 시간을 갖게 되면 내가 무엇을 하고 싶은지 그리고 내가 무엇을 좋아하는지, 나에 대해서 알게 되고 한층 성숙해지는 것 같다.

산블라스 전망대에서 시간 가는 줄 모르고 생각에 빠지는 사이, 날씨가 더 쌀쌀해지고 거리는 더욱 어둠으로 드리워진다. 이제는 내려가 봐야겠다. 아르마스 광장으로 내려가는 길, 등지고 올라오느라 보지 못했던 도시의 야경을 다시 한 번 더 볼 수 있어 환상적이었다. 그렇게 나는 우주를 떠다니는 듯 꿈만 같은 공간 속에서 내려왔다.

깨달음

여행은 내 자신과 이야기할 수 있는 시간을 선물한다.

쿠스코

잃어버린 공중 도시, 마추픽추

오늘은 드디어 마추픽추를 가는 날이다. 제 시간에 일어나지 못할까봐 긴장한 탓에 수면 중에 자주 깨어나 시계를 확인하였다. 나는 소풍가기 전날처럼 긴장이 되어 새벽 3시에 일어났다. 일찍 일어난 덕분에 넉넉해진 준비 시간이 있어 샤워를 했다. 가방도 차근차근 꾸리고 인터넷을 통해 마추픽추에 대한 정보를 확인했다. 비록 4시간밖에 잠을 못 잤지만 커피를 3잔 원샷이라도 한 듯 가슴이 두근두근한다. 마추픽추는 나에게 소중한 사연이 있는 곳이다.

2000년도, 그러니까 초등학교 6학년 때였다. 그때 처음으로 어머니께서 집에 컴퓨터를 장만하셨다. 처음 본 컴퓨터에 푹 빠져 살았던 내가 가장 즐겨했던 것은 틀린 그림 찾기 게임이었다. 학교를 마친 뒤 집에 돌아오면 하루 종일 틀린 그림 찾기에 몰두했었다. 산만했던 나에게 틀린 그림 찾기는 집중의 대상이자 재미의 대상이었다.

마추픽추로 가는 중간 경유지인 오얀타이탐보

마추픽추 입구에 위치한 까페에 앉아 바라 본 아름다운 풍경

　그중 어느 곳인지는 모르겠지만, 너무나 신비스러운 사진이 있었다. 바로 산속에 돌로 지어진 도시였다. 그 사진이 나올 때면 게임을 중단하고 마냥 사진만 바라봤던 기억이 난다. 훗날 그곳이 TV프

사진을 왼쪽으로 돌리면 얼굴 모양의 산을 발견 할 수 있다

마추픽추의 시작점, 아구아스 깔리엔떼스 마을

로그램 〈호기심천국〉을 통해 '마추픽추'라는 것을 알게 되었고 그때부터 나는 마추픽추를 동경을 했었다.

그리고 15년 뒤, 나는 그곳을 가기 위해 지금 이렇게 가방을 꾸리고 있다. 너무나 즐거운 일이다. 오랜 시간 꿈꿔 왔던 곳을 가 보는 것은 말로 이루 표현하지 못할 두근거림이다. 나는 기차를 타고 아구아스 깔리엔떼스 마을로 향했다.

마을은 그리 크지 않아 역에서 나와 여기저기 돌아다니다 보니 마추픽추 입구로 가는 버스정거장이 있다. 신속히 역에서 빠져나온 탓에 30분 간격마다 있는 버스를 줄을 서지 않고 바로 탈 수 있었다. 버스는 거친 비포장길을 흙먼지를 뿜어내며 구불구불 길을 올라간다. 20여 분을 달렸을까, 드디어 마추픽추 입구에 들어섰다. 마추픽추는 세계적인 관광지라 관광객이 많다. 나는 인파를 피하기 위해 입구 옆에 위치한 카페에 앉았다. 잉카시대를 대표하는 유적지에 현대식 카페가 있다는 것이 약간 모순되지만, 관광객들에게는 쉼터가 된다. 나는 샌드위치와 콜라를 하나 시켜 드넓은 산을 전망으로 한 바 테이블에 앉아 맑은 공기와 따뜻한 햇살을 느꼈다.

겨울임에도 불구하고 해가 뜨니 날씨는 포근하여 활동하기에 적당한 날씨다. 행복하다. 샌드위치를 다 먹고 느긋하게 음악을 들으며 시간을 보내고 나니, 마추픽추 입구의 줄이 어느새 줄어들어 있어 가방을 챙기고 입구로 들어섰다. 나는 얼마나 걸어가야 할지 소요시간을 알지 못해, 천천히 걸음을 옮겼다.

와라즈에서 잘 이겨 낸 덕분에 고산병에 대한 걱정이 줄어들긴 했지만, 마추픽추 또한 고도가 높기에 안심하기에는 일렀다. 숲 속 길

마추픽추에서 만난 한국인 민지 씨

너머로 조금씩 마추픽추의 속살들이 엿보인다. 15분 정도 걸어 올라가니, 어느덧 마추픽추가 보일 듯한 평지가 나온다. 생각보다 올라가는 시간은 짧았다. 나는 긴장되는 마음으로 고개를 푹 숙인 채 조심스럽게 사람들이 모여 있는 곳으로 갔다.

　여러 가지 생각이 물밀 듯 밀려온다. 초등학교 6학년 때 틀린 그림 찾기 게임에서 본 마추픽추는 그대로 있을까? 얼마나 아름다울까? 내가 상상했던 것과 너무 다르면 어쩌지? 실망감이 더 크면 어쩌지? 고개를 쉽사리 들기 힘들었다. 나는 마음을 가다듬고 살며시 고개를 들었다. 깨끗한 햇살에 눈이 부셔 잠시 흐릿해졌다가 서서히 마추픽추의 윤곽이 드러난다.

초록색 잔디밭에 잉카제국의 공중도시, 마추픽추가 장엄한 모습을 나타낸다. TV나 사진에서 수없이 봐왔던 그곳이 눈앞에서 살아 숨쉬고 있다. 마추픽추 유적에서는 잉카인들의 상당한 기술력을 엿볼 수 있다. 어떻게 쌓았는지 너무나 정교하여, 건축물들을 가까이서 봤을 때도 전혀 위태로움이 없다. 또한 태양을 사용하여 정확한 주기의 시간을 측정했다고 하는데, 당시만 해도 엄청난 기술력임을 알 수 있었다. 마추픽추는 언제 누군가에 의해 무엇을 목적으로 건설되었는지 정확한 사실은 누구도 알 수 없다. 다만 마추픽추가 단순히 문화유산이라는 의미를 넘어 남미를 대표하는 상징이라는 것만은 확실하다.

마추픽추의 뒷 배경인 얼굴 모양의 산과 어디서 가져왔는지 커다란 돌들로 만든 건축물들은 다시 놀랍게 한다. 나는 커다란 바위에 자리를 잡고 그저 바라만 보았다. 어렸을 적 꿈꿔 왔던 마추픽추 그대로다. 잉카인이 건축한 마추픽추의 웅장함이 느껴진다. 게임에서 틀린 곳이었던 우두커니 서 있는 저 나무, 정말 반갑다. 10년이면 도시는 몰라보게 달라지지만 마추픽추는 변하지 않고 오랜 세월을 고스란히 담아 가고 있었다.

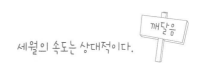

세월의 속도는 상대적이다.

쿠스코

뜨거운 물이 흐르는 계곡?

마추픽추 입구에서 나오니, 사람들은 마지막 버스를 타기 위해 분주하게 움직이고 있었다. 마추픽추 안에 있는 동안 음식을 먹지 못한 탓인지, 내려오니까 배가 고파 처음 찾았던 카페에서 잉카콜라와 간단한 초콜릿을 샀다. 나는 기차 시간이 아직 넉넉하여 버스를 타지 않고 산길을 통해 아구아 깔리엔떼스까지 걸어 내려갈 것을 결정했다.

그리고 허기진 배와 갈증을 해소하고 산길로 접어들었다. 마추픽추에서 마을로 걸어 내려가는 길은 표지판이 있어 길 찾기는 어렵지 않았다. 모두 내리막길이라 우습게 봤지만, 마추픽추 내에서 많이 걸어 다녀 다리가 후들거린다.

나는 천천히 내려가면서 주변 경관을 바라보았다. 마추픽추 주변에 웅장하고 장엄한 산들을 마주 보며 내려갈 수 있어 좋았다. 20분

× 2부 · 페루에서 만난 거대한 자연 ×

아구아스 깔리엔떼스 마을

정도 내려오니 어느덧 마을 입구에 도착했다. 마추픽추가 있는 마을 지명은 스페인어로 '아구아 깔리엔떼스', 즉 '따뜻한 물'이라는 뜻이다. 갑자기 길옆에 천천히 흐르는 계곡물에 대한 호기심이 들었다. 아무래도 계곡물의 온도를 직접 확인해 봐야겠다. 하필이면 내려가는 길이 따로 없어 나무덩굴 사이를 헤쳐서 내려가야 했다. 계곡으로 향하는 길 바위에는 이끼가 끼어 있어, 몇 번이고 엉덩방아를 찧었다.

나는 조심스레 납작한 돌을 밟고 손을 물에 담갔다. 예상대로 물은 차디차다. 역시 계곡물이 뜨거울 리가 없다. 내가 호기심이 많은 것일까, 아니면 바보인 것일까?

지나친 호기심은 엉덩방아를 찧게 한다.

푸노

버스 안에서의 다툼 #1

쿠스코 터미널에는 여러 버스회사가 있다. 하지만 나의 다음 목적지인 볼리비아의 코파카바나로 가는 직행 버스가 없다. 티티카카 호수가 있는 푸노를 거쳐야만 볼리비아를 갈 수 있다. 푸노행은 대부분 야간버스다. 그나마 아침 10시에 출발하는 버스회사가 딱 한군데 있다. 선택권이 없었다. 해가 저물 때까지 마냥 기다릴 수 없어 오전 버스를 타야 했다. 버스는 일반버스를 개조한 듯 자리가 굉장히 촘촘했다. 내가 앉은 자리는 창가 쪽인데, 내 무릎이 앞좌석을 뚫고 갈 정도의 폭이다. 게다가 창문은 덜렁덜렁하여 시원한 먼지바람이 여과 없이 들어온다. 버스는 얼마나 낡았는지 삐걱거리는 소리는 멈출 줄을 모른다. 옆에는 체구가 작으신 인디오 아주머니가 타셨음에도 불구하고 여전히 불편해 보인다.

버스가 과속방지턱을 지날 때마다 내 무릎은 앞좌석에 뜻하지 않게 니킥을 날린다. 한 치도 움직일 수도 없는 공간이다. 이 버스를 타고 앞으로 8시간을 어떻게 타고 가야 할지 걱정이다.

버스가 쿠스코 근교를 벗어나니 노란빛으로 펼쳐진 광야, 파란 하늘과 맞닿은 봉우리들이 환상적이다. 야간버스를 탔으면 보지 못할 광경들이다. 시골마을을 지날 때면 까무잡잡한 아이들이 신발주머니를 뱅뱅 돌리며 또래 친구들과 장난을 친다. 거북이 속도로 가는 버스로 덕분에 시골마을의 정겨운 모습들을 자세히 볼 수 있었다. 똑같은 풍경들이 이어지고 호기심이 사라질 때쯤 다리가 저리기 시작했다. 이제 2시간밖에 지나지 않았는데 갑갑해 죽겠다. 다행히 버스가 시골 마을에 잠깐 정차를 하여 나는 구겨져 있던 몸을 펼쳐 버스 밖으로 나갔다. 그리고 버스기사님에게 잠깐만 시간을 달라고 하고 화장실을 다녀왔는데, 버스가 없다. 이런 황당한 일이……. 주위를 둘러보니, 저 멀리 버스가 가고 있다.

쿠스코-푸노 구간은 아름다운 풍경을 자아낸다

쿠스코 터미널은 공용터미널이라 출발 시간 전 반드시
터미널 사용료를 결제해야 한다

　나는 전력질주를 하여 버스를 따라 잡았다. "아저씨 왜 날 두고
가세요!" "니가 늦게 왔잖아!" 억울하다. 정말 1분도 안 되는 짧은
시간이었다. 나는 다시 자리로 가서 몸을 구겨 넣었다. 그런데 자리
가 더욱 비좁아서 도저히 앉을 수가 없었다. 알고 보니 내가 화장실
에 간 사이, 앞좌석에 앉은 사람이 의자를 다 눕힌 것이다.

　나는 앞좌석에 앉은 청년에게 앉을 수가 없으니 의자 좀 올려달라
고 부탁했다. 근데 이 청년은 "왓?"이라고 말하면서 고개를 핵 돌린
다. 난 다시 불러 상황 설명을 했다. 그런데 이번에는 옆자리 친구
로 보이는 청년이 손가락을 까딱까딱하며 자리로 돌아가라고 한다.

　나는 자리에 앉아 둘 곳 없는 두 발을 앞좌석 머리받이에 걸쳤다.
그랬더니 청년이 내 다리를 거칠게 밀어낸다. 그렇게 나의 다리는
덜렁덜렁거리는 창문 밖으로 삐져나갔다. 하마터면 버스 밖으로 떨
어 질 뻔했다. 그리고 청년이 일어나 나의 멱살을 잡았다. 나도 버
스 통로로 나와 청년의 멱살을 잡고 넘어뜨렸다. 한순간 버스 내부
는 아수라장이 되었다.

이제는 일이 커져 주먹다툼이 시작됐다. 버스 통로가 워낙 좁아 내가 때려도 맞는 것 같고, 내가 맞아도 때리는 것 같다. 뒷자리 사람들이 말리는 바람에 싸움을 끝낸 뒤, 청년이 의자를 원상 복구한다.

별것도 아닌 일인데 다 큰 어른이 싸움박질을 하다니, 창피하다. 나는 다시 제자리에 앉았다. 폭풍이 휩쓸고 간 버스 안은 그 무엇보다 싸늘하고 적막했다. 나는 창문에 얼굴을 기대고 분을 삭일 겸 눈을 감았다.

한참을 잤을까, 무릎이 시큰시큰하다. 눈을 떠 보니, 청년은 앞좌석의 자리레버를 젖혀 놓고 아예 내 무릎에 기대고 있는 것이다. 나는 다시 청년의 등을 두드렸다. 좌석을 제 위치로 똑바로 하라고 해도 또 듣는 척 마는 척한다. 사람들의 시선은 다시 우리에게로 집중된다. 나는 상황 파악을 한 후, 다시 깊게 숨을 들이쉰 뒤 상냥한 목소리로 설명을 했다. 그러나 이 청년은 또다시 발끈한다.

'그래, 난 어른이다.'

나는 차분한 목소리로, 의자만 올려 달라 부탁했지만 청년이 다시 한 번 발끈한다. 나는 참을 인 (忍) 자를 3번 새기고 한국에서 가져온 홍삼캔디를 주며 화해의 손길을 내밀었지만 청년은 내가 건넨 사탕을 던진다.

말 많고 탈 많았던 버스

우리는 다시 한 번 통로에서 얽히고설키면서 몸 다툼을 벌였다. 다행히 실랑이가 시작될 때 버스의 아저씨들이 우릴 말렸다. 버스 내부의 사람들도 청년에게 의자를 올리라고 이야기하자, 청년과 친구는 다시 의자를 앞으로 젖혔다.

자리에 다시 앉은 나는 생각이 많아졌다. 내가 이곳의 문화를 이해하지 못한 것일까?

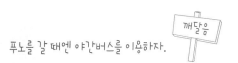

푸노를 갈 때엔 야간버스를 이용하자.

푸노

도시에 고립되다

　말 많고 탈 많았던 버스에서 10시간을 보낸 뒤, 우여곡절 끝에 푸
노 버스 터미널에 도착했다. 장시간동안 구겨져 있던 몸을 펼치니
온몸에서 근육이 늘어나는 소리가 들린다. 저녁 9시, 나는 터미널
에 도착하자마자 터미널 내부에 있는 버스 회사들을 돌며 내일 볼리
비아로 출발 할 버스를 알아봤다.

　그런데 전혀 예상치도 못한 상황이 발생했다. 버스 회사들은 하
나같이 토요일까지 파업을 한다고 한다. 이럴 수가! 오늘이 월요일
이니 5일 동안 작은 마을에 갇혀있게 된 것이다. 나는 파업여파로
텅 빈 터미널 내부에 털썩 주저앉아 좌절했다. 이런 내가 불쌍해보
였는지 버스회사 직원이 나에게 다가와 상황을 설명해주었다. "볼
리비아를 가려면 지금 국경도시인 융가이로 가야돼. 그렇지 않으면
토요일까지 꼼짝없이 푸노에 갇혀 있어야 돼!" "그럼 지금 융가이로

가면 되는 거야?" "응 그런데 문제가 있어 융가이는 시골마을이라 숙박시설이 없어서 지금 버스를 타고 가면 노숙을 해야 돼." 나는 노숙쯤은 충분히 감당할 수 있었지만 생각을 해보니 볼리비아 비자가 없었다.

푸노에 있는 볼리비아 대사관에서 비자를 발급 받아야하는데 오늘 융가이로 가게 된다면 볼리비아 비자를 받을 수가 없다. 그렇다고 오늘 떠나지 않으면 토요일까지 푸노에 갇혀있을 상황이다. 머릿속이 복잡해진다. 쿠스코에 있는 볼리비아 대사관이 잠정 폐쇄되어 푸노로 왔더니 이곳은 교통수단이 파업이다. "이제 나는 어떻게 해야 하나?" 나는 불확실해진 일정에 걱정이 되었지만 한편으로는 흥미진진해졌다. 이런 돌발 상황은 여행이 나에게 주는 미션이라 생각하고 차근차근 풀어 가기로 했다.

돌발 상황은 여행의 묘미!

푸노

친절한 경찰서장님

    푸노 버스터미널에서 택시를 타고 아르마스 광장에 내려 근처 경찰서 안으로 들어갔다. 버스가 파업을 한다고 하면 어떻게 국경을 넘어가야 할지, 루트를 확보하기 위해서다.

    경찰서 안에 들어가니, 험상궂게 생긴 사람들이 자리에 쪼르르 앉아 있다. 맞은편에는 인상이 더욱더 범상치 않은 제복 입은 경찰이 앉아 있다. 샛노란 머리의 동양인이 경찰서에 들어오니 모든 시선이 집중된다.

    나는 경찰관에게 상황을 설명했다. 그랬더니 경찰관은 인터넷으로 파업상황을 알아본다. 이때 나이가 지긋해 보이는 아저씨가 들어왔다. 그러자 경찰들은 일제히 일어나 인사를 한다. 아저씨가 날 위아래로 훑어본다. 곧이어 경찰은 상황을 그 아저씨한테 보고한다. 꽤나 높은 직급의 아저씨인가 보다.

아저씨가 어눌한 영어로 나에게 인사를 건넨다. 나도 목례를 하고 악수를 청했다. 나의 상황을 들은 아저씨가 자신의 친구가 국경 심사관이니 파업상황을 알아보겠다고 하신다. 그리고 전화통화를 끝낸 뒤 심각한 표정으로 버스는 토요일에 출발하여 내일은 갈 수 없다고 전한다. 난 풀이 죽은 모습으로 내일 가고 싶다고 보내달라며, 뜬금없이 처음 보는 아저씨한테 생떼를 쓰기 시작했다.

알고 보니 아저씨는 푸노 경찰서장이셨다. 같이 나가 보자는 아저씨를 따라 마을로 걸어 나갔다. 제복을 입은 경찰서장님 옆에 노랑머리 동양인이 있으니 무슨 사연일까 싶어 사람들이 모두 쳐다본다. 연예인이 되면 이런 기분이지 싶다. 행선지는 알 수 없지만 그냥 아저씨를 믿고 무작정 따라갔다.

10분 정도 걸어 도착한 곳은 여행사다. 아저씨가 들어가니 주인 분이 단번에 알아보신다. 두 분이 덕담을 나눈 뒤 내가 처한 상황을 설명해드리니 여행사 아주머니는 무슨 일인지 바로 알아차리셨다.

여행사 아주머니가 나에게 방법이 하나 있다고 한다. 내일 새벽 스피드보트를 타고 티티카카호수를 가로질러 페루 국경도시로 가는 방법이 있다는 것이다. 내일 새벽이면 난 비자를 발급받을 시간이 없다. 볼리비아는 비자가 필요한 국가이다. 난 비자가 없어, 새벽에 가려면 내일 모레 가야 한다고 했다.

아저씨는 그럼 내일 푸노에서 머물며 비자발급도 하고 우로스 섬을 구경한 뒤, 모레 스피드보트로 국경을 넘어가라고 하신다. 내 생각에도 그게 좋은 방법인 것 같다. 여행사 아주머니에게 인사를 하고 나왔다. 아저씨는 이제 호텔을 찾아 주겠다고 하신다. 사실 여행하면서 낯선 사람의 친절을 경계를 해왔지만, 아저씨만큼은 그냥 믿고 다니고 싶었다. 아저씨랑 같이 걸으면서 이런저런 이야기를 나눴다.

아저씨와 도착한 곳은 아레키파 호텔이다. 호텔 로비에는 인디오 소녀와 아빠가 있었다. 아저씨는 호텔 주인에게 내 상황을 설명해 주시고는 나에게 호텔 바로 앞이 볼리비아 대사관이라고 알려 주신다, 그래서 나를 이쪽으로 안내한 거라 하셨다. 창문으로 바라보니 정말 바로 앞이 볼리비아 대사관이다.

아저씨는 내일 8시에 대사관 문을 여니 비자를 신청하고 9시에 우로스 섬으로 가는 투어를 신청해서 다녀오라고 일정까지 조언해 주신다. 그리고는 이제 가 봐야 된다고 하셔서 난 아저씨와 포옹했다. 아저씨는 명함을 건네며 혹시 문제가 생기면 전화하라고 한다. 한밤중 생면부지 외국인에게 조건 없는 친절을 베풀어 주신 아저씨에게 너무 감사했다.

깨달음

낯선 사람에게 친절을 베풀 수 있는 사람이 되자.

푸노

갈대로 만든 인공 섬

아침 일찍 볼리비아 비자 접수를 마치고 호텔로 돌아오니, 여행사 직원이 기다리고 있었다. 난 호텔에 가방을 맡긴 채 맨몸으로 선착장으로 향했다. 날씨가 화창하다. 어젯밤 추위와는 상당히 대조적이다. 햇살이 따뜻하게 몸을 녹여 준다.

선착장에서 보트를 탔다. 배 안에 앉아 있는 사람들 사이에서 가이드가 우로스 섬에 대해서 설명하고 있었다. 그러나 나는 스페인어를 이해할 수가 없어 보트 위로 올라가 경치를 구경했다. 티티카카호수는 정말 넓다. 게다가 해발 4,000m에 위치하고 있어 이색적인 풍경을 보여 준다. 곧 손에 잡힐 듯한 구름이, 호수에 걸쳐져 있고 하늘은 호수에 맞닿은 듯하다.

배를 타고 30분 정도 가니 저 멀리 우로스 섬이 보인다. 우로스섬은 TV나 인터넷으로 많이 봐 왔다. 티티카카호수에서 자생하는 갈

우로스섬의 원주민

구매욕을 부르는 우로스섬의 아기자기한 기념품

우로스섬에서 만난 눈망울이 예쁜 꼬마아이

대를 엮어 섬을 만든 뒤 원주민들이 그곳에서 생활한다고 한다. 갈대는 썩어서 주기적으로 보강을 해 줘야 하는 신기한 섬이다.

배가 우로스섬에 도착했다. 섬 가운데 사람들이 앉기 좋게 갈대로 만든 의자가 설치되어 있다. 그 한가운데 가이드가 보드판을 들고 와서 섬에 대해서 설명을 한다. 따라다니면서 설명을 듣는 건 질색이지만, 어쩔 수 없다. 가이드는 우로스섬의 구조에 대해 전반적으로 설명하다가 의식주 생활을 설명한다.

그러더니 '우로스 바나나'라고 칭하며 갈대 끝을 꺾어 먹어 보라고 한다. 한입 베어 무니 그냥 갈대 맛이다. 사람들은 한입씩 우로스 바나나를 먹었다. 맛본 이들은 하나같이 오묘한 표정을 지어 보였다.

난 무리에서 벗어나 갈대 섬에 누워 아름다운 티티카카호수를 바라보았다. 하늘을 보니 가까이 있는 구름이 나를 덮어 주는 기분이다. 참 포근하다. 오늘의 행복 포인트이다.

고개를 돌려 보니 원주민들이 좌판을 열어 기념품들을 팔고 있다. 워낙 화려한 색채의 기념품들이라 눈길이 갔다. 자세히 보니 갈대로 만든 우로스섬 전통 배 미니어처이다. 무지갯빛 색상으로 칠해져 있어 너무 예뻤다. 또한 조악스럽지 않고 정교해서 마음이 흔들려 3척을 구매했다.

사람들은 가이드를 따라서 갈대섬 집 내부를 체험하기 위해 제각각 3명씩 짝을 지어 집안으로 들어갔다. 언뜻 보니 기념품을 판매하려는 같다. 기념품 노점 옆에 5살도 채 안 되는 꼬마아이가 형형색색 옷을 입고 새까만 얼굴로 날 바라보고 웃는다. 아이의 맑은 눈망울에서는 순수함이 묻어나온다. 나는 아이에게 다가가 말을 걸었다. 아이는 수줍은 듯 고개를 파묻으며 웃는다. 나는 아이를 번쩍 안았다. 새까만 얼굴에 커다란 눈, 밝고 순수한 웃음을 짓는 이 아이가 너무 좋았다.

아이에게 사진을 찍고 보여 줬다. 아이는 핸드폰 액정 안에 자기 자신이 있는 게 신기했는지, 고사리 같은 손으로 이리저리 만져 본다. 아이랑 한참 놀고 있으니 사람들이 집 내부에서 나와 갈대로 만든 전통 배를 타고 다른 섬으로 넘어간다. 원주민들은 기념품을 구입해 준 보답으로 갈대배를 타고 가는 사람들에게 노래를 불러 준다. 난 보트를 타고 다음 섬으로 이동했다. 배를 타고 맞은편 섬으로 들어갔는데, 이곳은 기념품 샵, 매점 등 상업적인 시설밖에 없다. 나는 섬 가장자리에 누워 갈대 내음을 맡으며 단잠을 잤다. 시간이 되었는지, 누군가 깨워 다시 보트에 올라탔다. 사람들은 저마다 여권을 보며 우로스섬에 방문한 기념으로 찍은 스탬프를 보며 흐뭇해 한다.

깨달음
본연의 모습을 간직한 여행지가 최고의 여행지이다.

푸노

고산병의 특효약은 코카차 + 눈물

  우로스 섬 투어가 끝난 뒤 호텔에서 쉬고 있는 중이었다. 속이 메스껍고 머리가 지끈지끈하여 핸드폰으로 고도를 확인하니 3,000m가 넘는다. 지금까지 별 탈 없이 보내고 난 뒤 고산병에 대해 신경을 안 써 약을 먹지 않았는데, 방심하고 있던 차에 푸노에서 고산병이 왔다. 고산병에는 딱히 뾰족한 수가 없다. 고도가 낮은 곳으로 가는 것이 최선의 방법이다. 그러나 교통수단이 모두 파업 중인 푸노에서 이동할 수 있는 상황도 아니고, 무조건 참아야 한다.

  불을 모두 끄고 잠을 청하려 하지만, 잠도 오지 않고 힘들다. 가만히 1시간가량을 누워 있었는데도 두통은 여전하다. 극단의 조치로 찬물로 샤워를 했는데, 아뿔싸. 몸 상태를 더욱 악화시키고 말았다. 저녁밥은 넘어갈 것 같지 않다. 깜깜한 호텔 방 안에는 밤이 찾아왔는지 창문 사이로 냉기가 들어온다. 방 안에서 혼자 고산병과

고도가 4000M 가까이 되는 푸노 마을은 방심하던
나에게 고산증을 선물해주었다

사투를 벌이고 있자니, 괜시리 더 서글퍼진다. 금방 끝날 듯한 통증
은 자꾸 나를 괴롭혔다. 나는 두통으로 몸부림치다 지쳐 겨우 잠에
들었다.

눈을 뜨니 아까의 통증은 약간 가라앉은 것 같아, 몸을 추스르고
호텔로비로 나갔다. 날씨가 추워져 따뜻한 코카차 한 잔 마시고 싶

었다. 로비에다 물어보니 광장 근처에 코카차를 파는 카페가 있다고 한다. 나는 몸을 한껏 움츠리며 광장 옆 카페를 찾아갔다. 카페는 허름하고 오래돼 보였다. 테이블에 자리를 잡고 앉은 나는 맞은편에 앉아 있는 아주머니에게 코카차 한 잔을 주문했다.

아주머니는 서랍 가장 안쪽에서 귀하게 포장된 봉투를 꺼내신다. 꾸깃꾸깃 누런 봉투 안에는 신선해 보이는 코카 잎이 들어 있다. 아주머니는 페루 최고의 코카 잎이라며 코카 잎들을 듬성듬성 부숴 넣은 머그잔에 따뜻한 물을 따른 뒤 내게 건네주었다.

호호 불며 조심스레 한 모금 마시니 추위에 뻣뻣해진 몸이 한순간에 녹는다. 건조했던 목도 촉촉해지고 머리도 맑아진다. 한국에 있을 때는 따뜻한 차는 잘 안 마셨는데, 코카차는 중독성이 있다. 향도 좋고 맛도 좋다.

나는 테이블에 앉아 한국에서 저장해 온 다큐멘터리 〈사랑〉을 보았다. 시한부 삶 속에서 사랑을 지켜 나가는 남녀 커플의 이야기이다. 모두가 반대해도 끝까지 지켜낸 사랑, 죽음도 갈라놓지 못한 사랑, 너무 슬펐다. 늦은 밤이라 감수성이 풍부해져 엉엉 울었다. 아주머니는 애써 모른 척해 주신다. 코카차 한 잔에 눈물까지 펑펑 쏟고 나니, 언제 그랬냐는 듯 고산병 증세는 완전히 가셨다.

어쩌면 고산병이 아닌 마음속에 묵은 감정이 독으로 변해 나를 아프게 하고 있었는지도 모르겠다.

깨달음

아프면 울자.

푸노

볼리비아로 넘어가는 단 한 가지 방법

　푸노는 현재 모든 교통수단이 막혔다. 볼리비아로 갈 수 있는 방법은 단 한 가지, 선박으로 티티카카호수를 가로질러 가는 것이다. 나는 미리 탑승권을 예약해 두었다.

　이른 새벽, 배를 타기 위해 짐을 챙겨 나오니 1층 로비에서 주인 아저씨가 급한 발걸음으로 날 찾는다. 나를 픽업하러 온 여행사 직원이 왔다는 것이다. 체크아웃을 서둘러 마치고 호텔 앞으로 나가니 여행사 아저씨가 서 있다. 혹시나 하고 걱정했는데, 잘 찾아와 주셔서 고마웠다. 나는 반가운 마음에 하이파이브를 하고 아저씨를 따라갔다. 아저씨는 나처럼 다른 여행자 몇 명을 차에 태우고 선착장으로 데리고 갔다.

　선착장에는 서양에서 온 배낭여행객 몇 명이 긴장된 모습으로 배를 기다리고 있었다, 나도 주위 분위기를 살피는 도중 택시가 내 앞에 멈추더니, 볼리비아 대사관에서 만났던 한국인 부자(父子)가 내렸다. 반가웠다. 음산한 분위기 속에 홀로 갈 생각을 해 보니 암담했는데, 안심이 된다. 초등학생 아들 녀석은 수척해진 것이, 어제 나처럼 고산병으로 고생했다고 한다. 고산병은 겪어 본 사람만 안다. 아무리 신체 건강하고 체력이 좋다고 해도 한 방에 간다.

한국인 부자와 어제 있었던 에피소드를 나누는 동안 배가 출항 준비를 한다. 우리는 혹시나 자리가 없을 걸 대비해 일찌감치 배에 올라탔다. 생각보다 배가 크지 않아 밀항하는 기분이 들었다. 국경도시로 넘어가는 사람이 별로 없다. 배는 나지막한 뱃고동 소리를 내며 천천히 국경도시 융가이로 향한다.

오전시간이 되니 티티카카호수에 선라이즈가 연출된다. 지금만큼은 짐에 대한 부담감 없이 자리에 가방을 놔두고 배 위로 올라갔다. 해발 4,000m. 하늘과 가까운 호수에서 선라이즈를 보다니 환상적이다. 검회색 하늘에 태양 혼자 홀로 빛나고 있다. 태양의 땅에 태양이 비추니, 어느새 차가웠던 공기가 따뜻하게 바뀐다. 티티카카 호수는 얼마나 넓은지, 잔잔한 호수면 저 멀리 수평선이 보여 바다 같은 크기에 놀랐다.

나는 호수면과 같은 잔잔한 음악을 들으며 단잠을 청했다. 잠자는 내내 어찌나 달콤한지 허니버터 꿀잠이다. 한참을 자다가 눈부신 햇살에 눈을 비비고 일어났다. 객실 안쪽에서 아버님이 나오셨다. 나는 아버님과 마주 보며 이런저런 인생 이야기를 나눴다. 사실 여행을 하면서 머릿속이 복잡해졌다. 지금 내가 어디쯤에 서 있는지? 나란 사람은 사회에서 어떤 사람인지? 내가 무엇을 하고 싶은

지? 앞으로의 꿈이 무엇인지? 답을 내릴 수가 없었다.

아버님도 모든 것을 내려놓고 아들과 여행을 떠나왔다고 하신다. 나라면 과연 할 수 있을까? 나에게 되묻지만, 나는 자신이 없었다. 아버님은 정말 멋있었다. 배를 타고 가는 동안 아버님은 인생 선배로서 좋은 이야기를 많이 해 주셨다.

날씨가 추워 선실로 들어와 창문으로 바깥을 보았는데, 저 멀리 군함이 보인다. 선장님께 물어보니 볼리비아 해군이란다. 볼리비아는 1879~1883년 4년간 칠레와의 전쟁에서 패배하여 태평양으로 이어지는 해안가 영토를 상실해 내륙국가로 전락하였다. 그래서 지금도 볼리비아는 바다의 대한 열망의 끈을 놓지 않고 바다의 날을 기념하며 티티카카 호수에서 해군들이 훈련을 한다고 한다.

배는 4시간을 달려 국경도시 부근에 도착했다. 보트를 이용하여 국경도시로 오는 것은 비공식 루트라 선착장 등 다른 인프라 시설이 없다. 호수 가장자리는 수면이 낮아 더 이상 접근 할 수가 없었다. 저 멀리 노 젓는 배가 우리 배로 다가온다. 안경을 고쳐 쓰고 다시 보니, 할머니가 힘에 부친 듯 노를 저으며 배 근처까지 오셨다. 선장님은 저기 조그마한 배로 옮겨 타라고 한다.

우리는 짐을 챙겨 자그마한 나룻배로 옮겨 탔다. 조금만 움직여도 배가 전복될 듯하다. 할머니는 아까보다 더욱 힘에 부친 듯 노를 저으신다. 내가 도와드리고 싶지만, 조금만 움직여도 배는 휘청휘청한다. 차라리 가만히 있는 것이 도와드리는 길 같다.

10여 분간 노를 저어 육지 쪽으로 도착했지만, 배에서 내리자 진흙 밭이다. 할머니는 우리에게 1.5솔, 그러니까 한국 돈으로 500원

정도 내라고 하신다. 볼리비아로 이동하면 페루의 화폐를 쓰지 않을 걸 알기에 할머니께 넉넉히 드렸다.

이제 아무것도 없는 드넓은 강가에서 국경까지 어떻게 가야 하나 막연했다. 걱정하던 찰나, 비포장 길에 택시가 트렁크를 열고 서 있다. 우리가 올 줄 알았나 보다. 사람들이 어수선할 때, 아버님과 나는 재빨리 택시를 타고 국경까지 이동했다. 불과 5분 정도를 가니 도착했다. 걸어왔으면 국경에서 줄을 서느라 꽤 많은 시간을 허비했을 것이다. 다행히 국경을 넘는 사람은 많지 않았다.

우리는 페루 출국심사를 받기 위해 출입국사무소로 들어갔다. 역시 아무리 시골이더라도 출입국 심사소 분위기는 엄숙하다. 페루 국경사무소에서 출국심사를 마치고 볼리비아 입국사무소에서 입국심사를 하는데, 이게 무슨 일인가? 사무소 한편에 도착비자를 받는 곳이 있는 게 아닌가!

이럴 수가……. 도착비자가 가능한 것을 알았다면 푸노에서 시간을 허비하지 않았을 것이다.

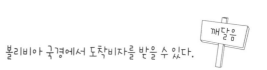

볼리비아 국경에서 도착비자를 받을 수 있다.

푸노의 선착장

페루와 볼리비아의 국경

· 3부 ·

차가움과 따뜻함이 공존한 볼리비아

태양의 섬에서의 시간여행

    늦은 오후, 태양의 섬으로 향하는 보트는 나의 수영 실력만큼의 속도로 잉카제국의 기원을 향해 유영하고 있었다. 얼마나 평화로운 모습인가! 비록 2시간 가까이 가는 여정이지만, 나는 경치 하나하나를 놓치고 싶지 않았다.

    배는 달리고 달려 남쪽 선착장에서 현지인들을 내려 준다. 난 북쪽에서 남쪽으로 트레킹 후 남쪽에서 다시 육지로 돌아갈 예정이다. 사람들이 내린 뒤, 배는 다시 북쪽 선착장을 향해 갔다. 태양의 섬은 긴 고구마 모양이다. 남쪽에서 북쪽까지 한참을 갔다. 지도로 확인해 보니 매우 크다. 다행히도 날이 어두워지기 전, 북쪽 선착장에 무사히 도착했다.

    북쪽 선착장에는 옹기종기 모여 있는 판잣집밖에 보이질 않는다. 딱히 숙박할 만한 곳이 없다. 아직 어두워지지 않아 길을 따라 무작정 걷기로 했다. 어디로 가야 할지, 목적지도 없다. 방향감각을 상실한 지 이미 오래……. 지도를 볼 필요도 없다. 그냥 나오는 길을 따라 걷고 또 걸었다.

태양은 어느덧 구름을 붉게 적시고 있었다. 날은 저물어 가는 상황에 대책 없이 오긴 했지만, 오랜만에 느끼는 자유다. 아마존 이후로 로밍조차 터지지 않는다. 걷고 있는 길에는 지나가는 사람도 없다 .재미있긴 하지만 무섭기도 하여 꼬불꼬불 길을 걸으며 신나게 콧노래를 불렀다. 멀리서 희미한 불빛들이 보인다. 일단 나는 잠을 청할 곳을 구해야 했기에 발걸음을 빨리 옮겼다.

30분쯤 걸었을까, 마을이 나온다. 해가 어둑어둑해졌는데도 불구하고 학교 운동장에서는 아이들이 신나게 놀고 있다. 이제야 안심이 된다. 마을에는 작은 숙박업소가 몇 개 있는 것 같다. 나는 마을 중심이 아닌 언덕 쪽의 경치가 좋아 보이는 민박집으로 향했다. 가는 길이 어찌나 험한지, 몇 번을 넘어지기 일쑤였지만 그래도 행복했다.

겨우 도착한 숙소는 한 가족이 살고 있는 집이다. 간판은 '호스텔'이지만 가정집이다. 호스텔 안에 들어가니 예쁘장한 꼬마아이가 동생을 데리고 고사리 같은 손으로 빨래를 하고 있다. 숙박비를 물어보니, 페루에 비해 저렴한 수준이다. 건물을 둘러보니 손님은 나밖에 없다. 나는 전망이 좋은 2층 왼쪽 끝 방에서 자고 싶다고 했다. 그러자 꼬마아이는 주방에 있는 엄마에게 묻고 키를 들고 뛰어 나온다. 아이의 웃음이 참 해맑다. 아이의 안내를 받고 방으로 간 나는 방 안에 짐을 풀고 창문을 바라봤다. 방은 마을에서 높은 위치에 있

코파카바나에서 바라본 티티카카 호수

는 데다 2층이라 호수의 파노라마 전경이 한눈에 펼쳐진다. 약간의 석양빛이 아직 하늘에 남아 있다. 나는 음악을 틀어 놓고 넋을 잃도록 티티카카의 호수를 바라보았다. 고화질 HD와는 비교할 수 없는 자연의 색이다.

1층에서는 모락모락 김이 피어오른다. 따뜻한 증기 속에는 고소한 삶은 감자 냄새, 야채 볶는 냄새들이 어우러져 올라온다. 나는 입맛이 당겨 식당으로 내려갔다. 아주머니가 아이를 업고 재래식 부엌에서 음식을 하고 있었다. "아주머니 혹시 저도 저녁을 같이 먹을 수 있을까요?" 그러자 아주머니는 흔쾌히 저녁을 같이 먹자고 하셨다.

꼬마아이가 각종 야채와 닭고기가 들어가 있는 따뜻한 스프를 식탁 위에 올려준다. 그리고 아이는 수줍은 미소로 다시 엄마에게 달려간다. 나는 숟가락을 들고 호호 불며 스프를 마셨다. 추운 날씨 속에서 먹는 야채스프는 몸을 따뜻하게 데워 주고 맛은 진하고 깊었다. 유년시절 어디선가 느껴 본 따뜻함이 담겨 있는 음식이었다.

순식간에 스프를 해치우고 나니, 다시 아이가 접시를 가져온다. 무언가 했더니 신선도 높은 달걀로 만든 오므라이스다. 같이 나온 야채와 감자튀김은 아삭하면서 부드러운 식감에 약간의 소금간이 되어 있어 따로 소스가 필요 없었다. 따뜻한 국물에 기름진 음식으로 마무리하니, 뱃속이 든든하다.

의자에 앉아 가족들을 바라보니, 화목함이 샘솟는다. 여기는 TV도, 세탁기도, 스마트폰도 없다. 하지만 가족들끼리 서로 부대끼며 지내는 것을 보니 마냥 행복해 보인다. 나도 이처럼 사람과 사람으로 따뜻함과 행복을 느낄 수 있는 가족을 꾸리고 싶었다.

나는 어머님께 잘 먹었다고 인사를 하고 방으로 올라왔다. 그런데 안타깝게도 방 안에는 난방시설이 없다. 여행에서 찬물샤워로 수없이 심장을 단련했지만, 오늘까지 찬물로 샤워를 했다가는 심장이 멎을 것 같았다. 샤워를 포기해야겠다. 나는 간단하게 세수와 양치를 하고는 오늘 있었던 일과 사진을 정리한 후, 침대에 누웠다.

내일은 어디로 향할까? 지도를 봤다. 내일은 새벽 일찍 나가서 섬 가장 높은 곳으로 올라가 일출을 봐야겠다.

자기 전, 바깥에다 두었던 배낭이 생각나서 밖에 나갔다가 우연히 하늘을 바라보았는데, 하늘에는 수많은 별들이 반짝이고 있었다. 내 눈이 의심스러워 안경을 쓰고 다시 하늘을 바라보았다. 제각각의 색을 가진 별들이 반짝반짝 빛을 내고 있었다. 별은 모두 은빛인 줄 알았는데 태양의 섬에서 별을 바라보니 파란색, 붉은색, 초록색 등 다양한 별빛이 빛나고 있다. 별은 너무나 많아서 헤아릴 수도 없을 지경이다. 보름달이 떠 있는데도 많은 별들이 보인다.

　가족들은 벌써 잠을 청했는지 모든 불은 꺼져 있다. 아무 소리도, 아무 빛도 없다. 그냥 무(無)의 상태에서 별들만 반짝인다. 아무도 없는 것만 같은 깜깜한 공간 안에서 별들을 보고 있으니, 내가 세상에 살아 있다는 것에, 이런 아름다운 풍경을 바라볼 수 있다는 것도, 건강한 것도, 모든 것에 감사한 마음이 든다.

깨달음

별들은 모두 같은 빛으로 빛나지 않는다.

코파카바나

트루차를 아시나요?

태양의 섬에서 나온 뒤 끼니를 걸러 배가 고프다. 책에서 봤던 트루차가 먹고 싶다. 트루차는 티티카카 호수에서 잡힌 송어를 튀겨 만든 생선구이인데, 그 맛은 명성이 자자하다.

코파카바나의 메인도로를 따라 쭉 올라가니, 시장이 나온다. 시장에는 현대식이 아닌 길거리 노점상들로 이루어져 있다. 각종 DVD, 옷가지, 생필품들이 길거리 좌판에 널려 있다. 나는 많은 사람들 사이를 비집으며 시장 구경을 했다.

시장 한구석에서 맛있는 냄새가 나서 보니, 음식 코너가 있다. 단층 건물로 이루어져 있는데, 트루차를 파는 가게들이 다닥다닥 붙어 있다. 가게 아주머니들은 옷을 맞춰 입기라도 한 듯 하나같이 같

소스에 따라 여러 가지 맛에 트루차를 즐길 수 있다

은 옷이다. 가게 안에서는 송어들이 기름에 튀겨지고 있었다. 고소
한 냄새다. 나는 가장 허름해 보이는 노점에 앉아, 할머니에게 트루
차 하나를 주문했다.

할머니는 달궈진 팬에 기름을 붓고 살이 오동통 오른 송어를 튀긴
다. 송어는 자글자글 튀겨지는 소리를 내며 제 몸을 연분홍빛으로
탈바꿈 시켰다. 앞뒤로 구워진 송어는 접시 위에 올려졌다. 그리고
채 썬 양배추가 트루차랑 함께 곁들여져서 나왔다. 갓 튀겨진 트루
차에 신선한 야채들, 먹음직스러운 비주얼이다. 아무 양념이 없기
때문에 고소한 송어의 맛을 한껏 더 즐길 수 있다. 양배추는 아삭아
삭하여 기름진 송어구이와 잘 어울렸다.

트루차를 먹기 전 가시부터 정리를 했다. 먹으면서 가시를 발라
내면 흐름이 끊기기 때문에 나는 생선을 먹을 때 가시를 다 발라 놓
고 식사를 한다. 생선이 생각보다 커서 잔가시들이 별로 없다. 포크

로 가시를 제거하고 한입 먹었는데, 입안에 감칠맛이 돈다. 한국에 있는 생선구이 집에서 생선구이와 같이 된장국에 밥 말아서 먹는 고소한 맛이다. 이 맛을 지구 반대편에서 느끼다니, 오늘의 행복 포인트다.

트루차는 티티카카의 선물이며 진리이다. 지금까지 먹었던 남미 음식 중 단연 으뜸이다. 살점은 부드럽고 고소하다. 코파카바나로 갈 예정이신 분은 레스토랑이 아닌 시장 음식코너에서 반드시 트루차를 맛보시길 바란다. 5일간은 매끼마다 먹을 수 있을 것 같다.

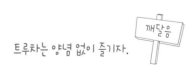

트루차는 양념 없이 즐기자.

택시납치강도를 당하다

　볼리비아 수도 라파즈로 향하는 버스 안. 한 아줌마가 버스에 탑승하여 나의 옆자리에 앉는다. 아주머니는 상냥하게 인사를 먼저 건넨다. 나도 불편한 내색을 하지 않고 방긋 웃었다. 아주머니는 나에게 어디서 왔으며, 볼리비아 음식은 입맛에 맞는지 물어보았다. 나는 지난 여행 동안 찍었던 사진들과 한국에서 찍었던 사진들을 아주머니에게 보여 주었다. 아주머니는 한국이라는 나라를 접할 기회가 없기에 신기해하셨다.

　버스가 매캐한 연기를 내뿜으며 2시간 정도 달리니, 라파즈의 외곽 엘 알토 지역이 나온다. 아주머니는 여기는 빈민가이므로 혼자 오는 것은 위험하다고 하셨다.

　라파즈에 도착할 때쯤 되니 해가 저물어 간다. 숙소를 예약한 곳도, 정보도 없었다. 우유니사막으로 향하는 버스터미널 근처에서 숙소를 정해야겠다. 그래서 옆자리 아주머니에게 버스터미널로 어떻게 가냐고 물어보니 세멘떼리아(공동묘지)에서 내려 택시를 타고 가야 한다며, 본인도 버스터미널로 가니 같이 가자고 제안한다. 딱히 거절할 이유가 없던 나는 택시비도 절반으로 아낄 수 있을 거란 생각에 흔쾌히 수락했다.

버스는 구불구불한 라파즈 외곽도로를 지나 사람들이 북적북적한 곳에 멈췄다. 나는 버스에 내려 아주머니와 함께 택시를 찾았다. 운 좋게 내가 택시를 먼저 잡았는데, 아주머니는 타지 말라고 하신다. 위험한 택시라는 것이다. 하마터면 큰일 날 뻔했다. 조금 기다리다 아주머니가 가까스로 잡은 택시를 타고 버스터미널로 향했다.

차장 밖으로 라파즈의 풍경이 눈에 들어온다. 사람들이 많은 곳은 인파들로 북적북적하지만, 외진 곳은 무서울 만큼 썰렁하다. 택시는 안타깝게도 외진 곳으로 핸들을 틀었다. 잠시 후 시장 근처에서 족히 100kg이 넘어 보이는 아주머니가 뒷자리에 또 탔다. 난 두 아주머니 가운데 껑겨 아무것도 할 수가 없었다. 곧이어 조수석에는 잠자리 안경을 쓴 남자가 탔다. 볼리비아 택시는 손님을 합승방식으로 태우는구나 싶었다.

난 움츠리고 있었다. 그런데 갑자기 앞자리에 앉은 남자가 경찰 신분증을 내밀더니, 대뜸 마약 검사를 하겠다고 한다. 옆의 아주머니가 먼저 신분증 검사를 받고 소지품 검사를 받았다. 다음은 가운데 있는 내 차례. 나는 경찰에게 여권을 보여 주고 팔뚝을 꺼내 주사 맞은 자국이 없다는 것을 확인시켜 주었다. 그랬더니 소지품 검사를 위해 가방을 달라고 한다.

이때부터 무언가 수상했다. 주위를 둘러보니 사람 한 명 보이지 않는 으슥한 곳이다. 일단 손으로 가방끈을 한 바퀴 휘감고 경계를 했다. 당연히 내 가방에서는 마약이 나올 리 없다. 조수석의 남자는 핸드폰과 지갑을 검사하겠다고 한다. 택시에 납치되었음을 이제야 눈치 챈 나는 순간적으로 택시기사 목을 졸라 차를 멈추도록 유도했다. 하지만 양옆에 거구의 아줌마들도 내 목을 졸랐다. 조수석의 남자는 나를 무차별적으로 공격했다. 그리고 나는 순간 기절을 했다.

누군가에게 따귀를 맞는 느낌에 눈을 뜨니, 조수석에서는 내 가방을 샅샅이 뒤지고 있었다. 난 팔에 휘감겨 있는 가방끈을 힘껏 당겨 뺏기지 않으려고 필사적으로 움직였다. 택시가 멈추고 오른쪽에 있던 거구의 여자가 내 머리채를 들어 올렸다. 난 화가 나 손을 뿌리쳤지만, 순간 목 앞에 서슬 퍼런 칼이 들어와 있었다. 배낭을 뺏기지 않으려는 필사적인 움직임도 차디찬 칼날 앞에서는 부동자세가 되었고 분노의 감정은 오히려 두려움으로 바뀌었다.

여기는 볼리비아다. 게다가 나는 택시 뒷자리라는 한정된 공간에 갇혀 있다. 이곳을 무사히 빠져나가야겠다는 것을 느끼고 차선책을 생각했다. 일단 배낭을 뺏기면 안 된다. 가방 안에는 내 여권, 돈, 핸드폰, 추억이 담긴 카메라, 각종 서류들 등 모든 게 다 들어 있다. 배낭을 통째로 뺏긴다면 나도 살아 돌아갈 마음은 없었다. 아무래도 이 조직의 대장은 조수석에 앉은 남자인 것 같다.

나는 부들부들 떨려 오는 목소리를 가다듬고 나긋이 말했다. 내가 긴장하고 있거나 흥분하고 있다는 것을 노출하게 되면 상대에게 자극이 될 것이다. 나는 현금은 다 가져가고 나머지는 모두 돌려달라고 제안했다. 현금은 아까 코파카바나 은행에서 뽑은 1000b(한화 약15만원) 있었다. 그 돈이면 일반 볼리비아 근로자에 한 달 월급이 므로 쉽게 협상이 될 줄 알았다. 하지만 잠자리안경을 쓴 조수석의 남자는 단호하게 거절했다. 그때였다.

내 머리채를 끄잡고 있던 오른편의 거구의 여인이 칼을 들고 차에서 내렸다. 옳거니, 일단 공간이 확보되어 나는 가방이랑 핸드폰을 낚아채고 도망칠 궁리를 했다. 그러나 나의 탈출 계획은 실행에 옮기지 못했다. 남자는 나의 지갑에서 현금을 꺼낸 뒤 핸드폰과 카메라를 챙겼다. 그 순간 같이 버스를 타고 온 친절했던 아주머니가 나를 발로 차서 밀어냈다.

나는 순식간에 차 밖으로 내팽개쳤다. 차는 이미 매연을 뿜으며 굴러간다. 난 쏜살같이 따라붙었지만, 사람이 차를 이길 수는 없다. 택시는 순식간에 점이 되어 사라져 버렸다. 그래도 손에 묶여 있던 가방을 챙겨 나와서 다행이다. 소지품을 확인해 보니, 현금, 카메라, 핸드폰이 사라졌다.

젠장, 핸드폰과 카메라에는 그동안 찍어 왔던 보물 같은 사진들이 저장되어 있는데……. 나는 좌절했다. 가뜩이나 눈도 좋지 않아 바로 앞에 있던 택시 번호판도 알아보지 못했다. 나는 자리에 털썩 주저앉아 내게 방금 일어난 일에 대해 생각을 하고 현실감각을 찾았다. 주위를 보니 공동묘지라 제법 으슥하다.

일단 사람들이 나올 때까지 걸었다. 멀리 버스정류장에 사람들이 보인다. 나는 사람들에게 경찰서가 어디 있냐고 물어보는 것과 동시에 다리에 힘이 풀려 자리에 주저앉고 말았다. 순식간에 사람들

은 원형으로 둘러 나를 구경했다. 그중에 한 아주머니가 날 일으켜
세우고 경찰서로 가자고 하신다. 난 정신을 부여잡고 이성적으로
생각했지만, 몸은 그렇지 않은가 보다. 다리가 풀려 아주머니의 부
축을 받아 가까스로 가까운 경찰서에 도착했다.

경찰은 피해 품목과 상황을 듣고 나를 차에 태워 라파즈 곳곳을
돌아다녔다. 나는 경찰관에게 돈은 필요 없으니 핸드폰과 카메라만
찾아달라고 부탁했지만, 잡을 가능성이 없다며 고개를 절레절레 흔
든다. 절망스럽다. 경찰은 내가 스페인어가 안 돼 의사소통이 불편
하다는 이유로 다른 지구대로 이송했다. 그곳에는 영어를 조금하는
여경이 있었지만, 나보다 더 못했다. 옮겨진 지구대에서는 다시 나
를 차에 태워 시내 중심에 위치한 큰 경찰서로 이동시켰다.

거기서 마주한 경찰 아저씨는 나에게 어디서 왔으며 무슨 일을 당
했는지 차분히 물어보았다. 난 무작정 범인을 잡아달라고 했지만,
역시 고개를 절레절레 흔든다. 경찰 아저씨가 조금만 기다려 보라
고 한다.

잠시 후, 경찰 아저씨가 한 통의 전화를 건네주었다 수화기 너머
로 익숙한 말이 들린다.

"안녕하세요?"

"네, 안녕하세요. 어디시죠?"

"볼리비아 한국대사관입니다. 지금 바로 찾아뵙겠습니다."

"네."

한국말을 듣다니! 마음이 조금 놓인다. 경찰관 아저씨는 "친구,
조금만 기다려."라고 이야기하며 안심시켜 주신다.

난 축 처진 어깨로 벽에 기대 내게 일어난 사태를 정리했다. 그때였다. 두꺼운 철문이 열리며 우르르 사람들이 몰려온다. 분명 나와 같은 동포임을 한눈에 알아볼 수 있었다. 한국 사람이었다. 말끔한 인상의 한국분이 위로의 눈빛으로 손을 잡아 주신다.

　"안녕하세요? 대사관에서 왔습니다."

　"와 주셔서 감사합니다."

　영사님께 자초지종을 설명드리니 옆에 있던 현지인 수행원이 스페인어로 번역하여 경찰관들에게 알려 준다. 곧이어 영사님과 함께 수사실로 들어갔다. 수사실은 어두컴컴하고 테이블에 스탠드 불빛만이 홀로 빛나고 있다. 영화에서 보던 취조실이다. 나는 한국말로 상황을 설명하고 영사님과 수행원이 번역해 주는 방식으로 조사를 받았다. 조서와 폴리스리포트가 완성되고 영사님을 통해 전달받았다.

　그리고 대사관 차에 올라탔다. 영사님은 나의 거취를 고민하시더니 한인식당에 가서 오늘 하루 묵으라고 하신다. 식당에는 한국인 사장님과 이틀 전에 나와 같은 일을 당하고 요양 중인 한국인 자매가 있다고 한다. 나도 오늘은 혼자 보낼 자신이 없다.

깨달음

낯선 곳의 낯선 친절을 쉽게 믿지 말자.

라파즈

차가운 도시, 따뜻한 친절

차창 밖에는 라파즈의 가로등 불빛들이 나를 무섭게 노려보고 있었다. 30여 분을 달려서 한국어로 적힌 간판이 있는 가게에 도착했다. 영사님 안내로 가게 안으로 들어서자 잔디밭이 깔린 마당 안쪽에서 한국말과 함께 삼겹살 구워지는 소리와 연기가 새어나온다.

나는 넓은 마당을 지나 식당 안으로 들어가 자리를 잡고 앉았다. 한 여성분이 영사님에게 인사를 한다. 알고 보니 이틀 전 나와 같은 일을 당한 한국인 자매다. 우리는 서로 통성명을 했다. 지희·성희 자매는 이곳에서 이틀 동안 마음을 추스르고 있는 중이라고 한다.

영사님은 보험사 제출용 폴리스리포트를 보니 정확한 제품명이 안 나와 있다며, 오늘이 토요일이니 월요일까지 푹 쉬다가 대사관 직원과 같이 경찰서에 동행해서 수정본을 받자고 하신다. 나는 다시 마음을 추스르고 여행을 시작하려면 그 정도의 시간도 필요하고, 보험처리를 받기 위해서는 서류가 필요했기에 영사님의 의견에 동의했다.

영사님과 이야기를 나누는 동안 사장님이 "넌 어디서 털렸냐?"라 며 호탕하고 정겨운 목소리로 나를 반겨 주신다. 언니인 지희는 나 에게 메뉴판을 갖다 주며 음식을 고르라고 한다. 나는 사진 속 라 면이 먹음직스럽게 보여 체면을 차리지 못하고 지그시 라면을 손가 락으로 가리켰다. 지희는 주방에 들어가더니 어느새 김이 모락모락 나는 라면을 내어놓고 내 맞은편 자리에 앉았다.

이럴 수가! 코끝에는 캡사이신 향이 서서히 번져 온다. 감격의 향 이다. 나는 그릇에 얼굴을 파묻고 면을 흡입하였다. 평소에 안 먹던 국물도 밥에 말아 말끔히 해치웠다. 음식이 따뜻하니 마음도 따뜻 해진다. 맞은편에 앉은 지희는 나를 바라보고 있었고, 나는 당시 상 황을 말해 주었다.

"어? 우리도 똑같아요. 우리도 그렇게 당했어요."

지희 목소리에는 한이 맺혀 있었다. 우리는 동병상련의 입장으로 그간 당했던 상황을 털어놓았다. 이번 사건의 가장 큰 원인은 "설마 내가 당하겠어?" 라는 오만함이 가장 큰 잘못이었다. 남자라 표적 이 될 줄은 몰랐고, 너무 쉽게 사람을 믿어 버렸다. 또한 배신감 때 문에 정신적인 충격이 더욱 컸다. 이곳에서는 돈이 있어 보이면 바 로 범죄의 표적이 되는 것이다.

라면을 다 먹고 지희와 이야기를 나누니 주위는 한산해졌다. 시 간도 늦어 손님이 없다. 사장님이 이제야 여유가 생기셨나 보다. 아 버지뻘의 사장님은 무뚝뚝한 말투였지만 그 안에는 따뜻함이 느껴졌다.

"태준이라고 했냐? 오늘은
내 방에서 같이 자면 된다."

"네."

사장님과 지희 · 성희 자매
그리고 나, 이렇게 넷이서
테이블에 앉아 이야기를 나
눴다. 아까 놀란 가슴은 어

높은 담장은 라파즈의 치안 상태를 말해 준다

느새 저만치 사라지고, 사장님과 술잔을 기울이는 데 정신이 팔려
있었다. 우리는 이런저런 살아가는 이야기를 나누다보니 어느덧
새벽 2시가 되었다. 사장님도 약주를 많이 하셨는지 얼굴이 빨개지
셨다. 우리는 자리를 여기까지 하기로 했다. 지희 · 성희 자매는 식
당 옆방으로 그리고 나와 사장님은 정원 옆 안채에 들어갔다.

날씨가 춥고 시간이 늦어 씻는 것은 포기하고 침대 위 이불 속으
로 쏙 숨었다. 사장님은 5분 간격으로 "태준아, 춥진 않냐?"라는 질
문을 반복하신다. 그러다 사장님은 잠이 드셨고, 그제야 나도 무념
무상으로 잠이 들었다.

마녀 시장에서는 마녀를 팔까?

　낯선 곳이라 그런 걸까? 아침 일찍 눈이 떠졌다. 나는 대강 고양이 세수를 하고 식당으로 들어가 어제 정리하지 못한 그릇들을 설거지했다. 설거지를 하는 도중에 자매들은 언제 일어났는지 같이 테이블 정리를 한다. 여행이라는 것이 참 기묘하다. 어찌 내가 여기서 설거지를 하며 아침을 보낼 생각이나 했을까.

　블라인드 사이로 포근한 햇살이 테이블을 비춰 준다. 벽에 걸려 있는 TV에서는 철 지난 한국 음악이 흘러나온다. 사장님은 일어나셔서 과음으로 힘들어 하는 나를 위해 전통요리 아야꼬를 만들어 주셨다. 아야꼬는 흡사 우리나라 육개장과 매우 유사했지만 만드는 과정을 보고 나는 깜짝 놀랐다. 느끼해 보이는 우유와 버터 등 서양식 유제품이 많이 들어가는데, 맛은 우리나라 육개장과 똑같았기 때문이다. 아무리 생각해도 신기하다.

거기에다 볼리비아산 매콤함 좁쌀고추를 넣어 칼칼한 맛을 더해 밥 한 그릇을 그냥 뚝딱 해치웠다. 나는 바람도 쐴 겸 라파즈의 시내를 둘러볼 계획이어서 지희·성희 자매에게 같이 가자고 제

사장님이 만들어 주신 아야꼬

안했다. 난 충격을 이기는 데 금방이었지만, 자매들은 아직 충격이 가시지 않아 두려워 보였다. 집안에만 있으면 침울해지니 같이 나갔다오자고 권유했더니, 둘은 잠시 망설이는가 싶더니 이내 고개를 끄덕였다.

버스를 타고 나간 산프란시스코 광장 주변은 모두 도보 이동이

각종 새끼 동물의 미라와 코카잎으로 만든 제품들이 진열되어 있다

가능했다. 우리는 지도를 보며 성당 왼쪽 편 거리를 따라 올라갔는데 그곳엔 새끼 야마를 말린 미라, 이름 모를 새의 부리, 처음 보는 약초와 물약, 각종 주술용품이 널려 있다. 지도를 다시 확인해 보니 라파즈의 유명한 '마녀시장'이다. 여행 오기 전에 이름 자체만으로 호기심으로 가득했던 곳이다.

가지각색의 효능을 가진 사랑의 묘약과 건강크림

볼리비아는 제국주의 스페인의 침탈에 따른 기독교 역사가 300년이 넘었지만 그럼에도 불구하고 토속신앙이 아직도 존재한다. 마녀시장은 토속신앙용품들은 판매하는 곳이다. 나는 좀 더 자세히 구경하기 위해 노점 안으로 들어갔다. 가게 안에는 어디에 쓰이는지 모르는 별의별 물건들로 수북하다. 가게 주인에게 물어보니, 물건 하나하나마다 친절하게 설명해 준다.

첫 번째로 개의 혀로 만든 향수가 있다. 이건 자신의 애인에게 뿌리면 도망가지 않고 복종한다고 한다. 두 번째는 아나콘다로 만든 크림인데, 허리통증에 그렇게 좋다고 한다. 그리고 여자 친구가 9명이나 생기게 해 준다는 향수부터, 두꺼비 피부로 만든 부적, 코카잎으로 만든 수많은 가공식품들 등 신비로운 물건들로 가득 차 있었다. 섬뜩하지만 흥미로운 시장이었다.

나는 가게에서 여자 친구 9명이 생기게 해 준다는 향수와 아나콘다 크림 등 몇 개를 구입하고 나왔다. 그리고 여자 친구가 생기는 행복한 상상을 하며 가게로 돌아왔다.

깨달음
여자 친구는 안 생긴다.

라파즈의 달의계곡

× 그래도 나에게는 자유가있다 ×

라파즈

지구 반대편에서 기자회견하다

　폴리스리포트를 수정하고 여행 일정을 다시 수행하기 위해 대사관으로 향했다. 이른 아침이라 사무실은 조용했다. 나는 로비의 푹신한 소파에 앉아 대사관 직원분이 나오기를 마냥 기다렸다. 그런데 대사관 출입문 쪽이 열리더니 묵직한 느낌의 중년 남성분이 들어오시고 옆에는 영사님이 보좌를 하고 계셨다. 나는 직감적으로 대사님인 걸 알아챘다.

　대사님은 공무실로 들어가려는 찰나, 소파에 앉아 있는 나를 바라보신다. 난 일어서서 정중하게 인사를 드렸다.

　"자네가 이번에 사고 당한 친구인가요?"

　"네."

　"많이 놀랐을 텐데 대사관 직원들이 도와줄 거니까 걱정하지 마세요."

독특한 헤어스타일 때문에
보복의 위험이 있어 고개를 숙여야만 했다

"감사합니다."

짧은 대화였지만 마음에 위로가 되었다. 나는 영사님께 폴리스 리포트 수정본을 받으러 왔다고 하니, 안타깝게도 본인이 직접 경찰서에 방문해야 한다고 한다. 오늘은 긴급 업무로 인하여 내일 대사관 직원과 함께 방문하면 될 것이라고 말씀해 주신다. 차라리 잘 됐다. 라파즈에서 좀 더 쉬고 싶었기에 나는 내일 다시 방문하겠다고 말씀드렸다.

인사를 드리고 나가려는 찰나, 영사님이 나에게 조심스럽게 말을 꺼내셨다. 최근 내가 당했던 수법의 사건이 빈번히 일어나 명일 아침에 볼리비아 기자들을 초청하여 대사님이 기자회견을 할 계획인데, 혹시 피해자 신분으로 내일 아침에 와 주실 수 있냐고 물으셨다.

'혹시 나에게 불이익이 생기거나 보복을 당하지 않을까?'

여러 상황을 생각했다. 나는 한참을 생각했지만, 차마 나를 도와주신 분들의 부탁을 거절할 수 없었다. 결국 내일 아침 정해진 시간까지 대사관으로 오겠다고 말씀드리고 대사관을 나왔다.

나는 다시 식당으로 발걸음을 향했다. 사장님께서 반겨 주신다.

사실 오늘 일처리를 끝내고 저녁에 우유니사막으로 향하는 야간버스를 타려 했지만, 사장님 얼굴을 보니 여기에 더 머물 수 있다는 생각에 기분이 좋아졌다. 하루 종일 돌아다녔던 탓에 피곤해서 식당에서 한가로이 시간을 보냈다. 식당에는 한국 사람뿐만 아니라 현지인들이 많이 방문하여 여러 사람들과 이야기를 나눌 수 있는 시간을 가질 수 있었다.

다음 날 아침, 사장님이 차려 주신 라면에 밥을 먹었다. 나는 아침밥을 든든하게 먹고 사장님의 허름한 겉옷을 빌려 입었다. 인터뷰 때 짐과 영혼까지 털린 불쌍한 피해자의 모습을 보여 줄 것이다. 노란색 머리가 영 아니지만, 낡은 재킷을 입고 거울 앞에 서니 허름하기 짝이 없다. 누가 봐도 강도당한 여행자 같다.

나는 다시 대사관으로 터벅터벅 걸어갔다. 7월의 라파즈는 일교차가 커서 오전에는 쌀쌀했다. 대사관에 도착하자, 영사님이 온화한 미소로 반겨 주시며 대사관실로 안내해 주셨다. 기품 있고 위엄 있는 대사관실에 앉아 있으니 한층 더 긴장된다.

잠시 후 대사님이 들어오셨다. 기자회견을 하기 전에 대사님과 간단하게 이야기를 나눴다. 7월달 들어 한국인을 대상으로 한 동일 범죄가 3건이나 연속적으로 발생하고, 볼리비아 경찰에서도 뾰족한 대책을 세우지 않아 경고차원에서 기자회견을 주최한다고 상황 설명을 해 주셨다. 배낭여행을 여러 번 다니면서 대사관에 중요성을 못 느꼈지만, 이번 사건을 계기로 대사관은 해외에서 엄마 품과도 같은 역할을 해 주는 곳임을 알게 되었다.

이야기가 끝나고 회견실로 향했다. 회견실 내부에는 여러 기자들

항상 따뜻하게 맞이해 주셨던 대사님

이 카메라 셔터를 연신 눌러대고 있었다. 번쩍 빛나는 플래시 세례에 나도 모르게 고개가 숙여진다. 대사님이 유창한 스페인어 실력으로 상황 설명을 하면, 기자들은 녹음기와 수첩을 통해 기록한다. 이런 낯선 환경은 처음이다. 불과 며칠 전까지만 해도 사무실에서 업무를 보고 있는 나였는데, 내가 낯선 땅에서 기자회견을 하고 있다니…… . 현실인지 꿈인지 헷갈린다.

내 차례가 되자, 기자들이 질문을 던진다. 옆에 계시는 직원분의 통역으로 당시 상황과 피해 상황을 이야기했다. 나는 강하게 어필을 할 심산이었지만, 보복의 우려가 있다는 말에 순식간에 쪼그라져 버렸다.

　기자들의 여러 질문이 대사님에게 쏟아졌다. 대사님은 강한 어투로 조목조목 대답하셨다. 30분 정도 질문과 답변이 오간 뒤, 기자 회견을 마쳤다. 더 이상 나 같은 피해자가 나오지 않았으면 좋겠다. 한국을 떠나기 전, 사고사례나 치안에 대하여 알아보고 왔으면 좋았을 걸……. 몇 달 전부터 주볼 대한민국대사관 홈페이지에는 사고사례를 예를 들며 안전에 당부를 공지했다고 한다.

　나는 이번 일을 통해 치안과 안전에 대한 정보 없이 무작정 떠나온 여행이 객기였음을 알게 되었다. 앞으로 여행을 떠나기 전에는 최소한 그 나라의 문화, 사고사례, 치안에 대한 것을 알아보고 가야겠다.

대사관은 엄마 품!

만남 뒤에는 이별, 이별 뒤에는 만남

　이제 마음을 추스르고 새로운 여행을 시작해야 한다. 식당에 도착하니, 우유니행 버스시간까지 조금 여유가 있어 사장님과 같이 근처로 쇼핑을 하러 나갔다. 조그마한 상가에 선글라스 파는 가게가 있어 사장님께 제일 어울리는 것을 골라 씌워 드렸다. 사장님은 거울을 이리조리 훑어보시고는 멋쩍은 듯이 내려놓으신다. 선글라스가 어울려 사 드린다고 했지만, 밖에 나갈 일도 없고 차라리 그돈으로 여행하다 맛있는 거 사 먹으라고 극구 사양하신다.

　다음 가게는 운동화가게다. 여행을 떠나기 전, 시장에서 산 싸구려 신발이라 2주 동안 험하게 신었더니 벌써 해졌다. 새 신발을 사기 위해 상점에 들어갔다. 유명브랜드의 신발이 아닌 브라질산 신발들이었지만 약해 보이지 않는다. 다만 대부분이 여자 신발이었고, 내가 고를 수 있는 남자 신발은 단 한 개뿐이다. 마침 사이즈가 맞는 것이 딱 하나 있어 그 신발을 샀다. 그리고 사장님 신발 사이즈를 맞춰 보고 점원에게 신발을 하나 더 가져다 달라고 했다. 사장님은 이번에도 극구 사양하셨지만, "아들이 언제 이런 운동화 한 켤레 사드리겠어요."라는 말에 사장님은 말없이 웃으셨다.

그렇게 우리는 커플 운동화를 신고 오붓하게 식당으로 돌아왔다. 나도 이제 버스를 타러 가야 할 시간이다. 사장님은 식당 문을 열어야 할 시간임에도 불구하고 살뜰하게 나를 챙겨 주신다. 그리고 여행을 하다가 배고프면 챙겨 먹으라고 가방 속에 라면과 간식들을 꾹꾹 눌러 담아 주신다. 내가 가고 나면 홀로 남아 식당을 지키실 사장님을 생각하니, 마음이 너무 짠했다. 4일간 같이 지내면서 서로 정이 많이 들었다.

애교가 많았던 샤샤

나는 가방을 메고 마당으로 나와 그동안 정들었던 멍멍이 샤샤에게 안녕의 악수를 하고 언제 볼 수 있을지 모르는 식당 전경과 사장님을 카메라에 담고 길거리로 나왔다. 사장님은 안전한 공식 택시를 잡아 목적지를 이야기해 주시고 흥정까지 해 주셨다. 이제는 작별의 시간이다.

"오첸타이오초 사나이, 잘 가라!"

사장님은 마지막 인사말을 남긴 채 손을 흔드신다. 나도 남자답게 악수를 하고 택시를 탔다. 마음이 아련하다. 언젠가는 꼭 다시 찾아뵙고 싶다. 생각해 보니 아까 사장님이 한 말 '오첸타이오초 사나이'라는 말이 떠올랐다. 택시기사님에게 '오첸타이오초'의 뜻을 물었더니, '88'이란다. 사장님은 내가 88년생이라는 것을 잊지 않고 계셨다 그래서 '88년생 사나이'였던 것이다.

라파즈 시내는 퇴근시간이라 그런지 꽉꽉 막힌다. 택시 안에서 라파즈의 시내를 천천히 둘러보았다. 한국처럼 모두가 분주해 보이지만, 다른 점이 하나 있었다. 대부분 하나같이 맑은 미소로 대화를 나누고 있다는 점이다. 한국에서는 스마트폰을 보면서 혼자만의 시간을 즐기는 사람이 많은데, 여기서는 스마트폰을 갖는 것이 힘든 일인지라 사람들 간에 대화를 많이 한다. 사람들에 표정을 보면 정말로 다양하다. 비록 매연이 쾌쾌한 도시지만, 진정한 사람냄새가 나는 도시이다. 30분 정도 달려 버스터미널에 도착했다. 터미널 주위에는 사람들이 북적북적하다. 5일 전, 이곳에 무사히 도착했으면 좋았을 텐데……. 나는 배낭을 고쳐 메고 터미널로 들어갔다. 라파즈 역시 터미널 내부에 여러 개의 버스회사들이 많다. 그리고 대부분의 버스회사들은 우유니행 버스를 운행한다.

나는 제일 깨끗해 보이는 버스회사 티켓 창구로 가서 줄을 서서 기다렸다. 앞에 줄을 선 사람이 우유니행 버스티켓을 물어보고 있었다. 귀를 기울여 들어 보니, 오늘 가는 버스는 매진이란다. 나는 재빨리 다른 회사로 옮겨 줄을 섰다. 하지만 여기도 상황은 마찬가지. 그렇게 터미널에 있는 모든 회사를 돌아다녔지만 전부 매진이다. 우유니 사막의 7월은 비수기이지만 유명 관광지인 만큼 찾는 사람이 많다.

오늘은 못 갈 것 같다. 차선책을 생각해 봐야겠다. 내 차례까지 줄을 기다렸다가 매표소 직원에게 오늘 매진이면 최대한 빨리 갈 수 있는 날을 물었더니, 내일 갈 수 있다고 했다. 하지만 세미까마(2등석)이고, 자리도 4자리밖에 남지 않았다. 야간버스라 1등석자리에 앉아 가고 싶었는데 선택권이 없었다. 나는 세미까마(2등석) 자리가 많이 불편할 것 같아 좀 더 수월하게 가기 위해 2개의 좌석을 예약했다. 한국처럼 버스좌석이 여유로울 거라고 생각했던 게으름이 부른 참사다.

이제 다시 식당으로 돌아갈 수밖에 없다. 다시 사장님을 만날 생각을 하니, 기분 좋은 설렘이 밀려온다. 사장님이 나를 보시면 얼마나 반가워하실까? 날이 저물어 도시에 불빛이 하나둘씩 켜지고 있었다. 나는 택시를 타고 식당에 도착했다.

저녁영업 시간이라 식당문은 활짝 열려 있었고 나는 조심스럽게 대문 안으로 들어갔다. 멍멍이 샤샤가 나를 알아보고 짖는다. 나는 자연스럽게 식당으로 들어가 테이블에 앉았다. 잠시 후 사장님이

4일간 나의 보금자리가 되어 준 가야식당

메뉴판을 가지고 오시다가 나를 보고 엄청 놀라신다.

"엇! 어떻게 된 거니?"

걱정이 되어 한 말이었지만 환한 웃음으로 나를 반겨 주신다. 난 순간 선의의 거짓말을 하고 싶었다.

사장님과 마당에서 맥주 한 잔

"사장님이랑 오늘 같이 한 잔 하고 싶어서 돌아왔어요. 오늘 한국에서 월급 들어왔는데, 제가 맛있는 거 사 드릴게요."

사장님은 한국 음식보다는 다른 음식을 드시고 싶어 하시는 것 같았다. 나는 근처 중식당에 가서 탕수육과 비슷해 보이는 음식을 포장하여 맥주와 함께 사들고 식당으로 들어왔다. 다행히 손님이 없어 사장님과 저녁 만찬을 즐길 수 있었다.

그날 저녁, 사장님과 이런저런 이야기를 나누며 술잔을 기울였다. 나와 사장님은 나이 차이도 많이 나고 살아온 환경도 다르지만 둘도 없는 우정이었다.

인연은 끝으로 마무리되는 것이 아닌 것 같다. 그 끝에는 또 다른 무언가가 나를 기다리고 있다. 이별 끝에 만남이 있고 입학 끝에는 졸업이 있고 삶의 끝에는 죽음이 있고……. 우리는 그렇게 살면서 수많은 시작과 끝을 반복한다. 그 모든 시작과 끝을 사랑하며 살아야겠다.

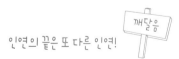

인연의 끝은 또 다른 인연!

라파즈

세상은 넓고 우연은 많다

   다음 날 아침, 오늘은 라파즈에서 보낼 수 있는 자유시간이다. 나는 오늘 하루를 어찌 보낼까 고민을 하다가 시내를 돌아다니며 사람 구경도 하고 우유니에서 사용할 방한용품을 구입해야겠다고 생각했다. 옷을 챙겨 입고 산프란시스코 성당으로 택시를 타고 나가보니 날씨가 화창하다. 성당 앞 광장에는 사람 수보다 비둘기 수가 더 많다. 라파즈에는 볼거리가 많지만 마음속에는 아직 불안감이 여전히 남아 있어 시내 이외에는 다른 곳으로 갈 엄두가 나지 않는다.

   나는 다시 마녀시장 주변을 거닐며 구경했다. 7월의 우유니는 상당히 춥다고 한다. 라파즈도 추운데 우유니는 더 추울 것 같아 방한 대책을 세워야 한다. 마침 시장 근처에서 방한 용품들을 판매한다. 추위를 이기는데 제일 중요한 것은 손과 발이다. 몸은 여러 개를 겹쳐 입으면 되지만, 손발은 체온이 쉽게 떨어지기 때문에 반드시 장갑과 따뜻한 양말을 사야 한다.

 길거리 자판에 남색 바탕에 빨간색과 노란색실로 라마 모양이 들어간 장갑이 눈에 띈다. 착용해 보니 따뜻하다. 디자인도 예쁘고 가격도 매우 저렴해 바로 구입했다. 옆에는 종아리까지 올라오는 긴 방한털양말이 있다. 보기만 해도 따뜻해 보여 장갑과 같이 구입했다.

 나는 마녀시장에서 한 블록 더 올라가 주술용품을 구경했다. 그런데 두 명의 동양인 여자가 보인다. 스냅백 모자를 쓰고 있는 걸 보니 한국 사람 같다. 평소 같았으면 그냥 모른 척했을 텐데 라파즈에서 한국인 여행자를 만나니 나도 모르게 인사를 건넸다.

 "안녕하세요?"

 "어! 한국분이시다."

 나는 인사말을 건네고 뒤를 돌아서려는데, 한국인 여자 두 분이 한참을 나를 바라본다. 나도 덩달아 가만 바라보았다.

 "저기 혹시…… 리마에서 뵙지 않았나요?"

 나는 다른 사람과 착각한 줄 알았지만, 어쩐지 나도 낯이 익다. 맞다! 리마 사랑의 공원에서 잠깐 만났던 여자분들이다! 놀랍다. 이럴 수가! 라파즈에서 다시 만나다니, 너무 반가웠다. 신기하고 반가운 마음에 나도 모르게 환호성을 질렀다.

 우리는 이것도 인연이라며 같이 근처 커피숍으로 이동했다. 이 친구들은 20대 초반에, 이름은 상희와 예지이다. 친구 사이인 둘은 남미 종단을 하고 있다고 한다. 남자인 나도 벅찬 남미종단을 서로 의지해 가며 여행을 즐기고 있었다. 당당한 두 친구가 멋지다.

우리는 그동안 여행 기간 있었던 에피소드를 공유하며 이야기꽃을 피웠다. 특히 내가 강도를 당한 이야기를 해 주니 많이 놀란다. 우리는 그렇게 시간 가는 줄 모르고 이야기꽃을 피웠다. 하지만 나는 몇 시간 뒤에 우유니행 버스를 타야 해 아쉬운 마음으로 자리를 정리했다.

그런데 상희와 예지도 같은 버스는 아니지만 오늘 우유니행 버스를 타고 간단다. 정말 신기하다. 일정이 맞으니 우리는 우유니에서 같이 투어를 다니기로 했다. 여행에서는 이렇게 뜻밖의 인연이 주는 행복도 있다. 적어도 우유니 사막에서는 혼자 다닐 필요가 없다. 우리는 저녁에 터미널에서 만나기로 하고 헤어졌다.

이제는 라파즈와의 이별을 준비해야 한다. 식당으로 돌아가니, 사장님은 나를 반가이 맞아 주신다. 하지만 곧바로 떠날 준비를 해야 한다. 이제는 정말 마지막이다. 나는 사장님께 내 명함과 함께 우리 집 주소를 쪽지에 큰 글씨로 적어 드렸다. 이제는 한국에 연고지가 없는 사장님이 한국에 오시면 그동안 못 드셨던 한국 음식을 대접하고 싶었다.

사실 사장님은 계속 한국에 오고 싶어 하셨다. 사장님은 나에게 내년에는 한국에 온다고 하셨지만 주변분들의 이야기를 들으니, 사장님이 그 말씀을 하신 지가 10년이 훌쩍 넘었다고 하신다. 사장님의 한국 방문은 20여 년 전이 마지막이었다고 한다. 우리는 그렇게 기약 없는 약속을 하고 식당 밖으로 나왔다.

강도들에게 다 털렸던 가방 안에는 사장님의 사랑이 담겨 여행 초반처럼 두둑해져 있었다. 마음이 따뜻해졌다. 사장님은 어제와 같이 택시를 잡고 나를 태워 주신다. 택시 뒤창으로 사장님이 손 흔드는 모습이 보인다. 그렇게 내가 멀어져 안 보일 때까지 바라보고 계셨다. 택시는 어제와 같이 쾌쾌한 매연 속을 뚫고 버스터미널에 도착했다. 그리고 나는 상희와 예지를 찾았다. 이렇게 다시 만나니 반갑다. 우리는 각자의 버스를 놓치지 않게 간단하게 이야기를 나눴다. 상희와 예지는 우유니마을에 숙소를 미리 예약했는데, 유명한 곳이라고 했다. 나도 우유니에 도착하면 그쪽으로 숙소를 잡는 방향으로 해야겠다.

라파즈의 버스 터미널

나는 표를 샀던 매표소 앞에서 버스를 탔다. 라파즈를 빠져나오는 거리. 차갑게 다가왔던 라파즈의 야경은 나에게 잘 가라고 따뜻함으로 손을 흔들어 주고 있었다.

깨달음

지구가 둥근 이유

버스에 안에서의 다툼 #2

　우유니행 버스는 금방이라도 출발할 듯 매연을 뿜고 있었다. 나는 서둘렀다. 버스는 짐칸이 따로 있어 모두들 짐을 짐칸에 넣는다. 그렇지만 내가 두 개의 좌석을 예약한 것은 짐칸에 배낭을 넣어도 안전하지 않을 것 같은 생각 때문이었다. 내 자리는 버스 제일 뒷자리 2군데이다. 하지만 양쪽에 사람이 있다. 나는 자리를 잡고 가방을 옆에 두고 앉았다. 그런데 옆 사람의 시선이 이상하다. 옆 좌석에 아줌마가 알 수 없는 언어로 화를 낸다. 가뜩이나 야간버스에 도둑과 강도가 많다고 들었는데, 이미 한 번 당했던 나로서는 극도로 예민해질 수밖에 없었다. 이렇게 혼란한 틈을 타 내 가방을 가져갈 속셈인 것 같다. 이제 아무도 안 믿는다.

　아줌마의 언성은 점차 높아 갔다. 나도 한국말로 언성을 높여 갔다. 아줌마가 가방을 툭툭 치자, 나는 가방에 손을 못 대게 하였고 일이 그렇게 점점 커졌다. 주위에서 사람들이 말리는 가운데, 나도 일을 더욱 크게 만들기 싫어 참았다. 옆 좌석 아줌마는 분이 안 풀렸는지 내 가방끈이 자신의 자리를 침범할 때마다 팔로 휙휙 쳐냈다. 난 아랑곳하지 않고 덜컹거릴 때마다 아줌마의 영역을 침범했다.

버스에 불이 꺼지고 달빛만이 버스 안을 희미하게 비춘다. 난 문득 의문이 들었다. 이 아줌마에 의도가 뭐였을까? 정말로 뭘 훔쳐가려고 한 것일까? 보아하니 한 손에는 우유니사막 가이드북을 들고 있다. 아줌마도 여행자였던 것이다. 난 궁금하여 아줌마에게 조용한 목소리로 말을 건넸다.

"아까 왜 가방을 치우라고 했나요?"

아줌마는 사람이 앉는 자리에 가방을 놓는 경우가 어디 있냐고 한다. 나는 내가 산 표를 보여 줬다. 하지만 아줌마는 나 때문에 한 사람이 버스를 못 탄 것이라고 말했다. 또 짐을 짐칸에 넣지, 굳이 이렇게 불편하게 가냐고 묻는다.

나는 가방을 강도 맞은 적이 있어서 걱정이 돼서 내 가방을 옆에다 놔둔 것이라고 말했다. 그리고는 버스 좌석 위 짐칸에 가방을 올렸다.

"나는 당신이 강도인 줄 알았어요."

우리는 그렇게 서로를 오해하고 있었던 것이다. 나는 미안하다며 화해를 청했다. 버스 안의 싸늘한 기운은 눈 녹듯 녹아내렸다. 돌이켜보니, 아줌마 말도 맞다. 나 혼자 편히 가자고 두 좌석을 예매하는 바람에 누군가는 버스를 못 탔을 것이다. 미안한 마음이 든다.

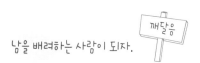

깨달음

남을 배려하는 사람이 되자.

우유니

순백색의 소금나라

동이 트고 나니, 버스는 어느덧 우유니마을에 도착했다. 날씨는 추워 입으로 숨을 쉴 때마다 입김이 얼어붙는 것 같다. 사람들은 다들 버스에서 내려 어디론가 떠난다. 나는 이제 어디로 가야 하나. 이럴 때는 많은 사람들이 가는 곳으로 따라가면 된다. 그래서 큰 길로 계속 걸었다.

길 양쪽에는 관광객들을 반기는 음식점들이 문을 열고 있다. 한참을 걷는데, 어디서 많이 들어 본 여행사가 나온다. 한국에서 우유니투어에 대해 검색할 때 가장 많이 나오는 여행사였다. 일단 나는 몸도 좀 녹이고 화장실도 갈 겸 여행사 사무실로 들어갔다. 여행사는 한국인 여행객만을 상대하는 투어사인지 한국말로 낙서가 도배되어 있다. 나는 아주머니에게 투어 상품에 대해 설명해 줄 것을 부탁했다. 투어 상품은 크게 선셋투어를 포함한 데일리투어, 선라이

즈투어, 2박3일 투어의 세 가지로 나뉘는데

먼저 데일리투어는 오전에 출발하여 기차무덤, 콜차니마을, 소금호텔, 소금사막, 일몰까지 보고 오는 투어 상품이다. 선라이즈 투어는 새벽 4시에 일찍 출발하여 일출을 보고 오는 투어이고 2박3일 투어는 2박3일 동안 4륜구동차를 타고 가며 칠레 국경 부근까지 여러 가지 우유니사막의 관광지를 구경하는 것이다.

아쉽게도 지금은 건기라서 2박3일 투어는 물이 가득한 사막을 볼 수 없다고 한다. 난 하늘과 바닥이 거울처럼 빛나는 우유니사막을 기대했다. 반드시 보고 싶다. 일단 2박3일 투어는 제외해야겠다. 어느 정도 투어 상품에 대한 정보를 얻고, 나는 숙소를 정하기로 했다. 상희와 예지가 묵는 숙소를 찾아야 한다. 그나마 다행인 것은 도시가 크지 않고 옹기종기 모여 있어서 찾기 쉬울 것 같다.

나는 여행사 아주머니에게 다시 오겠다고 이야기를 하고 거리를 한 바퀴 둘러보았다. 그런데 바로 옆의 호텔이 상희와 예지가 예약했다던 그 호텔이다. 10걸음만 가면 된다. 호텔에 들어서니 따뜻하고 아늑하다. 나는 방을 배정받고 짐을 푼 뒤, 상희와 예지 방으로 찾아갔다. 아이들도 이제 짐을 풀고 쉬고 있다. 나는 강도사건으로 일정에 차질이 생겨 시간을 많이 빼앗긴 탓에 피곤하지만, 오늘 꼭 데일리투어를 가고 싶었다. 상희와 예지도 같은 마음이었다.

이렇게 우리가 대화를 하는 도중에 3층에서 어떤 여성분이 "안녕하세요?" 하며 반갑게 인사를 하신다. 우와, 한국인 여성분이다. 혼자 오셨는데, 위에서 이야기를 들어 보니 우리와 함께하고 싶다고 하신다. 그렇게 우리는 우유니 여행을 함께할 팀원이 되었다. 우리는 여행사에 가서 오늘 출발하는 데일리투어와 명일 아침 출발하는 선라이즈 투어까지 같이 예약을 하고 호텔로 다시 돌아왔다. 호텔에서는 따뜻한 물이 콸콸 나와 행복하다. 나는 따뜻한 물로 샤워를 할 수 있다는 것에 새삼 감사함을 느꼈다. 야간버스에서 쌓였던 피로까지 다 풀려 오늘 하루는 끄떡없을 것 같다. 콧노래가 절로 나온다.

샤워를 마치고 옷을 챙겨 입었다. 우유니 사막의 밤은 춥기 때문에 두꺼운 옷도 챙겼다. 창문으로 밖에 날씨를 보니 티셔츠만 입어도 될 만큼 따뜻해졌다. 우리는 각자 짐을 챙기고 로비에 모여서 여행사로 향했다.

여행사 앞에는 4륜구동 자동차가 우리를 기다리고 있다. 우유니사막은 마추픽추와 더불어 꼭 오고 싶던 곳이었다. 그 시작점에 내가 서 있다 무척 설렌다. 우리는 트렁크에 짐을 싣고 차에 탑승했다. 오늘의 가이드는 왈츠인데 털털한 웃음으로 우리를 반겨 준다. 지프차는 자리에서 헛바퀴를 몇 번 굴리고 신나게 출발하였다. 맑은 하늘 아래, 다들 들떠 있다. 모두의 얼굴에는 설렘이 가득 차 있다.

우유니 마을을 빠져나와 20분 정도 달리자, 왈츠가 내리라고 한다. 기차무덤이 보인다. 폐기 처리를 할 기차를 모두 여기에다 모아둔 것 같다. 기차 무덤이 무슨 여행지가 될까 생각했지만, 파란 하늘에 황량한 사막, 거기에 불그스름하게 녹이 슬어 있는 열차는 어딘가 모르게 운치 있다. 또한 기차 위에도 올라갈 수 있어 통제된 관광지가 아닌 어른들의 놀이터인 셈이다.

황량한 벌판 위에 기차무덤

× 그래도 나에게는 자유가 있다 ×

우리는 철길에서 다 같이 점프를 하며 사진도 찍고 기차에 이리저리 숨어서 숨바꼭질도 했다. 황량하게 남아 있는 기차레일. 지평선 너머까지 기차레일이 보인다. 마치 영화의 한 장면 같다. 사진기의 셔터는 바빴다. 한참을 뛰어 놀다가 시계를 확인해보니 왈츠가 돌아오란 시간이 되어 아쉬운 마음을 뒤로하고 지프차에 올라탔다.

지프차는 도로 없는 넓은 평야를 그냥 달린다. 지도도 표지판도 없는데, 왈츠는 능숙하게 길을 잘 찾아간다. 혼자 오면 길을 잃을 듯하다. 흙먼지를 날려 도착한 곳은 콜차니 마을이다. 이곳에서는 소금을 생산하는데, 아쉽게도 생산과정을 구경하는 것이 아니라 콜차니 마을의 기념품 상점들을 구경하는 시간을 갖는다. 차에서 내려 보니 상점들마다 소금으로 만든 여러 가지 기념품들을 팔고 있다. 다이아몬드처럼 반짝이는 다각형의 소금원석, 소금으로 만든 라마 열쇠고리 등 소금 마을에 걸맞게 소금 관련 상품들이 많다. 특히 소금 액세서리보다 더욱 눈에 띄는 것은 스웨터 종류들인데, 문양과 색감이 매혹적이다.

하얀 우유니 사막과는 대조적인 천연색으로 만들어진 스웨터들에 욕심이 생겼다. 스웨터들은 하나같이 예쁘면서 저렴하다. 공산품들도 있지만, 대부분 기계로 대량 생산한 것이 아니라 손수 짠 것들이라 세상에 몇 안 되는 스웨터다.

그중 빨간색과 노란색으로 짜인 스웨터가 눈에 들어왔다. 하얀 우유니 사막에 잘 어울리는 옷인데 마음에 쏙 든 나머지 흥정하는 것을 깜박했다. 주인에게 가격을 여쭤보니 80볼이여서 저렴한 가격에 구입했다. 거울을 바라보니 나의 샛노란 머리와 빨간색 스웨터

콜차니 마을의 스웨터 상점

가 잘 어울린다.

스웨터를 구입하고 친구들에게 나눠줄 간단한 선물들을 산 나는 배가 고파 음식점을 찾아 두리번거렸다. 그런데 시장 한편 로컬음식점에서 감자와 우리나라 장조림 맛의 고기 덩어리를 봉지에 넣어서 판매하고 있었다. 남미감자는 맛이 훌륭하여 감자만 믿고 구입했다. 그런데 기대도 하지 않았던 장조림 맛의 고기는 살결이 너무나도 부드러웠다. 돼지고기인데 소고기만큼 부드러워 감탄스러웠다. 장조림에는 흰쌀밥이 제격이지만, 삶은 감자와의 조합도 만만치 않게 좋다. 우리 팀은 모두 각각의 선물들을 사들고 지프차에 올라탔다. 지프차는 또다시 흙먼지를 흩날리며 어딘가로 출발한다. 얼마나 달렸을까? 황토색 대지는 어느덧 순백색의 끝없는 사막으로 바뀌어 가고 있었다. 끝이 안 보일 정도로 드넓고 눈이 부실 정도로 새하얀 이곳. 세상에 이런 곳이 존재할 수 있을까? 감탄과 감동이 연속되는 가운데, 저 멀리 소금호텔이 보인다.

우리는 차에서 내려 새하얀 소금사막을 밟았다. 눈처럼 뽀드득하지는 않지만 달리기 좋은 단단한 소금바닥이다. 나는 그냥 달렸다. 소리도 마구 지르며 그냥 뛰었다. 주위에는 아무것도 없었다. 그저 새하얀 세상과 파란색 하늘밖에는……. 천국의 모습을 묘사한다면 아마 지금 이곳, 우유니 사막과 가장 비슷할 것 같다.

우유니사막은 특히 우기에 물이 가득히 고여 아름다움을 극대화

소금사막 한가운데 우뚝 솟은 물고기섬과 TORCH 선인장

소금사막에서 펄럭이는 만국기

착시 현상으로 여러 가지 상황을 연출할 수 있다

시킨다고 한다. 그런데 내가 방문한 시기는 건기라, 큰 기대는 하지 않았다. 그러나 우유니는 건기 우기 따질 필요가 없었다. 그야말로 '아름다운 세상'이다. 나는 심장이 요동칠 정도로 마구 뛰었다. 살면서 이토록 자유로웠던 적이 있던가? 나는 가장 큰 해방감을 느꼈다. 내가 환호를 해도, 마구 뛰어도, 주위에 바뀌는 건 없다. 사막의 고요함이 나를 감싸 준다. 말로 형용할 수없는 아름다움. 사진으로 그 향기와 그 바람, 그 온도, 그 느낌을 담을 수만 있다면 좋겠다.

새하얀 소금사막에선 선크림이 필수!

세상에서 가장 큰 거울

해가 기울어져 가는 시간, 우리는 다시 지프차를 타고 신나게 달렸다. 어느덧 우윳빛 사막은 점점 황금색으로 빛나고 있었고 파랗던 하늘도 서서히 오렌지빛으로 물들고 있었다. 한참 동안 창밖을 구경하고 있을 때, 차가 멈췄다. 그러더니 왈츠는 우리에게 내려 장화를 신으라고 한다.

다시 5분쯤 달렸을까, 거짓말처럼 사막 한가운데 물이 가득 차 있다. 사진 속에서, 영상 속에서만 보던 곳, 세상에서 가장 큰 거울, 우유니사막이다. 잔물결 하나 없는 우유니사막의 거울은 세상 모든 것을 비추고 있었다. 수평선을 기준으로 모두가 반대로 비춰지고 있다. 세상이 조용하다. 우리는 사진을 찍느라 정신없다가 어느새 다들 숙연해지더니, 있는 그대로의 우유니사막을 감상한다.

바람소리, 소금 갈라지는 소리가 귓가에 스쳐 지나간다. 저녁 석

양을 지켜보다 뒤를 돌아보니, 반대쪽에는 이미 둥근달이 환하게
빛나는 캄캄한 저녁이다. 한 공간 안에 낮과 밤이 공존한다. 나는
믿기지가 않아 앞뒤로 둘러봤다. 눈앞에는 파스텔톤의 석양이, 등
뒤에는 밤하늘의 별들이 달과 함께 제 위치를 알려 준다.

　주위를 둘러보니 모두 로맨틱한 분위기를 느끼고 있다. 지평선을
가운데 두고 태양과 달이 씨름하다 결국에는 태양이 저물고 있다.
태양은 하얀 빛깔을 가진 모든 것들을 황금빛으로 물들이고는 이내
사라져 버린다.

환상적인 우유니의 일몰

이윽고 어둠이 찾아온다. 별들은 저마다 영역표시를 하며 반짝인
다. 자연이라는 술에 취해 버리는 느낌이다. 우유니사막은 나에게
최고의 선물을 주었다. 행복했다. 내가 무덤까지 들고 갈 수 있는
것은 물질적인 것이 아닌 우유니에서 만든 젊은 날의 아름다운 추억
일 것이다.

아름다운 추억은 인생을 살아가는 데 자양분이 된다.

이세상 모든것을 반사시키는 지상 최고의 거울 우유니사막

224
× 그래도 나에게는 자유가 있다 ×

파스텔 빛깔을 뽐내는 우유니의 일몰

실루엣을 이용한 다윈의 진화론

우유니

야마고기 그리고 김치볶음밥

숙소에 복귀한 우리들은 다들 배가 고파 씻고 로비에서 만나기로
했다. 방 안에 들어가니 훈훈한 공기가 온몸을 감싼다. 하루 종일
돌아다니면서 묻혀 온 흙먼지와 소금가루들을 따뜻한 물에 씻어 보
냈다. 날이 어두워지고 몸이 꽁꽁 얼었는데, 금세 따뜻해졌다. 샤
워를 마치고 편안하게 추리닝 차림으로 갈아입은 나는 모이기로 한
시간에 맞춰 로비로 나갔다. 그리고 우리는 우유니 야시장이 있다
는 소문을 듣고 야시장으로 향했다. 다들 몹시 배고픈 상황이었다.
야시장으로 걸어가면서 저녁 메뉴를 고민하다가, 시장에서 돼지고
기를 사서 삼겹살처럼 구워 먹기로 결정했다.

우유니 야시장은 북적북적했다. 중국산 옷에서 장난감, 전자제품
등이 좌판에서 팔리고 있었다. 그런데 라파즈에서 먹었던 달달한
뻥튀기를 여기서도 판다. 나는 하나 덥석 샀다. 뻥튀기는 질리지 않

우유니 마을의 야시장

을 정도의 단맛을 내며 중독성이 매우 강했다. 일행 모두 내 뻥튀기
로 몰려드는 바람에, 내 뻥튀기는 금세 증발해 버렸다.

우리는 서둘러 야시장 음식코너로 갔다. 너저분한 건물 안 상점
들은 모두 문을 닫고 있다. 우리는 문이 안 닫힌 곳을 발견해서 재
빨리 뛰어갔다. 그리고 스페인어를 유창하게 하는 상희가 돼지고기
를 주문했지만, 아쉽게도 없다고 한다. 이 추운 날 삼겹살을 구워

야마고기를 먹기 좋게 썰어 주시는 아주머니

야마고기를 잘못 조리하면 씹을 수 없을 만큼 질겨진다

먹고 싶었는데, 무척이나 아쉬운 마음에 다들 미간을 찌푸리고 말았다. 상희는 포기하지 않고 구워 먹을 수 있는 고기가 있냐고 물었더니, 아주머니께서는 야마고기를 추천해 주신다. 야마고기? 호기심이 발동한다. 살면서 언제 야마고기를 먹어 보겠는가? 모두 야마고기에 대해 약간의 걱정을 한다. 하지만 우리는 젊음의 패기로 야마고기에 도전하기로 했다.

아주머니는 야마고기를 먹기 좋게 썰어 주신다. 야마고기는 어떤 맛일까? 설렌다. 우리는 고기와 같이 곁들여 먹을 야채와 계란 한 판, 그리고 소시지를 샀다. 그런데 집으로 돌아오는 길, 길모퉁이 식당에 태극기가 걸려 있다.

"어? 볼리비아 시골동네에 태극기가?"

태극기를 그냥 지나칠 수가 없던 우리는 식당에 들어갔다. 그런데 눈앞에 한국 컵라면이 떡하니 있는 게 아닌가? 종업원이 나오더니 메뉴판을 준다. 메뉴판을 보니, 김치볶음밥이 있다! 이곳에서 한식을 만날 줄이야. 하지만 가격이 비싸다. 그래도 김치볶음밥을 포기할 수는 없었다. 우리는 회의 끝에 김치볶음밥 3개를 포장하기로 했다. 일행 몇 명이 남아서 김치볶음밥을 받아 오고, 나를 포함한 나머지 일행은 호텔 조리실에서 음식을 준비하기로 했다.

돌아가는 길에 볼리비아 최고의 맥주인 잉카맥주를 사들고 호텔 조리실로 들어갔다. 가장 먼저 해야 할 일은 고기 굽기다. 나는 프라이팬에 기름을 두르고 몇 점을 구워 봤다. 소고기처럼 살짝 익힌 것과 돼지고기처럼 바짝 익혀서 맛을 봤는데, 이상하게도 고기에서 통영 앞바다에서 갓 잡은 생선 냄새가 올라오는 것 같았다. 이대로는 비난을 들을 것이 분명하다.

나는 생고기를 큰 그릇에 담고 소금과 허브가루를 꺼내서 마구 뿌리고 고기 잡내를 없애야 한다는 일념 하에 손으로 주물럭주물럭했다. 그런데 고기를 주무를수록 냄새는 코끝으로 강하게 전해 온다. 나는 냄새가 빠지는 과정일 거라 여기고, '냄새야 빠져라' 주문을 외며 한참을 주물렀다.

그리고 잠시 후, 일행들이 김치볶음밥을 들고 돌아왔다. 그리고 상희와 예지 팀은 고추장을 배낭에서 챙겨 왔다. 이제 문제의 야마고기를 맡은 나만 마무리하면 된다. 모두가 야마고기에 대해 기대 반 걱정 반의 표정을 짓고 있다. 고기를 굽는 동안 허브와 이름 모를 향신료들의 힘 덕분인지, 다행히도 냄새가 사그라들었다. 김치볶음밥에 고기와 같이 먹으면 오늘은 행복하게 마무리될 것이다.

나는 나름 멋있는 척을 하고 싶어 프라이팬을 휘둘러 가면서 볶았다. 그렇게 고기가 다 볶아지고 접시에 세팅을 하여 테이블에 앉았다. 모두 환호성이다. 먹기 전 당연히 기념사진을 찍고 김치볶음밥에 고추장을 더해서 쓱싹쓱싹 비벼 다들 크게 한 숟갈 떠서 먹는다. 음, 역시 고추장 덕분에 더욱 한국의 매운맛이 느껴진다. 이제 고기 차례다. 우리는 다 같이 한 점씩 들고 먹었다.

나는 대체 고기에다가 무슨 짓을 한 것일까? 고기의 비린내는 뇌 속까지 전해 온다. 육질은 질기다 못해 씹히지 않는다. 몇몇 친구들은 뱉어내기까지 한다. 예지는 거의 울다시피 낙담한다. 어떻게 고기가 이렇게 되었을까? 미안했다. 나라도 맛있게 먹는 척해야 미안함이 조금이라도 덜할 텐데, 이건 도무지 사람이 먹을 수 있는 맛이

우유니마을에는 한국음식을 파는 식당이 있다

아니다.

그래도 천만다행으로 김치볶음밥이 허기를 채워 줬다. 나는 재빨리 아까 산 날계란을 모두 삶았다. 음식이 떨어지는 순간, 나는 용서받지 못할 놈이 되고 말 것이다. 야마고기가 원망스럽다. 우리는 그렇게 식사를 마쳤다. 그리고 나는 미안한 마음에 설거지를 마치고 하루를 마무리했다.

무모한 도전은 때로는 독이 된다. 깨달음

우유니 선라이즈 투어

　3시가 조금 넘은 깊은 새벽. 선라이즈 투어 출발 준비를 했다. 대다수의 여행자들은 선라이즈 투어 때, 아름다움보다 추웠던 기억밖에 없다고 했다. 어떤 한국 남자분은 군대에서 받았던 혹한기 훈련보다 더 추워 힘들었다고 했다. 그런 조언을 토대로, 나는 있는 옷을 꺼내 모두 껴입었다. 추리닝 바지에 청바지를 덧입고, 내복 위에 스웨터, 스웨터 위에 스웨터 그리고 점퍼, 양말은 2개나 신고 그 위에 방한 덧신까지 신었다. 마무리는 장갑과 털모자로 몸을 에워쌌다.

　출발시간에 맞춰 로비에 나왔더니, 모두들 완전 무장을 하고 나와 있었다. 바깥 날씨는 얼마나 추운지 호텔 문을 나서자 벌써부터 입에서 하얀 김이 서려 나온다. 우리는 발걸음 옮겨 여행사로 이동했다 오늘도 역시 4륜 지프차가 우리를 기다리고 있었다. 우리는

거꾸로 보아도 똑같은 우유니의 마법

비몽사몽 한 정신으로 차에 올라탔다. 자동차에서는 감사하게도 히
터가 나온다.

우리는 그렇게 까마득한 우유니 마을을 떠났다. 새벽공기는 차갑
지만 숨을 들이킬 때마다 신선한 우유를 마시는 기분이다. 모두들
차에 올라타자마자 곯아떨어진다. 하지만 나는 잘 수가 없다. 얼마
나 어렵게 얻은 시간들인데, 1분1초가 아쉽다. 뭐라도 보고 뭐라도
해야 한다. 여행을 할 때 강박관념을 가지면 안 되지만, 돌아가야
할 날이 얼마 남지 않았기에 욕심을 떨쳐낼 수 없었다. 피곤하지만
어둠 속에 특별할 것 없는 바깥풍경을 기어이 보고야 만다.

자동차는 40분 정도 달려 사막 한복판에서 멈춘다. 우리는 미리 챙겨 온 장화를 신고 밖으로 나갔다. 역시 명성대로 추웠지만 우유니를 즐기기에 나쁜 날씨는 아니었다. 아직은 깜깜한 밤이지만 달빛이 얼마나 밝은지, 규리 누나가 멀리까지 갔는데도 실루엣이 선명하게 보일 정도였다.

나는 추위도 잊을 겸 물이 고인 소금사막을 무작정 달리기 시작했다. 숨이 헐떡이고 심장이 요동치지만 즐겁고 행복하다. 물이 튀면서 바지에 소금물이 많이 묻었다. 그런데 얼마 뒤, 바지가 마르면서 검정색 바지에 하얗게 페인팅 된 듯 예쁜 소금 꽃이 피었다. 인위적으로 만든 무늬는 아니지만 검정색 바지에 격동적인 무늬가 완성되었다. 시중에다 내다팔아도 될 만큼 완성도가 높았다.

멀리서 동이 트기 시작한다. 어제와 같이 이번에도 한 공간 안에 태양과 달이 동시에 존재한다. 태양은 사막에 고인 물에 정반사되어 하늘과 대지에서 동시에 솟아오른다. 태양이 떠오를수록 색감이 아름답다. 실루엣이 정말 예쁘다.

우리는 삼삼오오 모여 사진을 찍었다. 같이 점프도 하고 여러 가지 포즈를 취한다. 사진속에서 호수에 반사되는 우리의 모습이 신기하다. 마치 하얀색 스케치북에 물감을 칠하고 반으로 접은 듯하다. 하늘과 지상이 똑같은 몽환적인 풍경이다.

우유니사막은 신혼여행으로 왔어야 하는 곳이다. 세상이 아름다워 보이고 모든 사물과 사랑에 빠지게 된다. 경이로운 풍경에 넋을 놓고 바라만 봐도 좋다. 오늘의 행복 포인트는 바로 지금이다.

그런데 날씨가 정말 춥다. 그렇다고 차 안에서만 있을 수는 없다.

다시는 오기 힘든 곳이다. 나는 추위를 꾹 참고 그렇게 태양이 맨얼굴을 전부 보여 줄 때까지 기다렸다. 태양은 추위에 벌벌 떨고 있는 나에게 고생했다고 따뜻한 햇살로 안아 준다. 우유니는 나를 행복하게 만들어 주고 작은 것에도 감사하게 만들어 주었다. 몇몇 추위에 지친 일행들은 차에 올라타 몸을 녹이고 있었다.

이제는 돌아가야 할 시간이다. 아쉬움이 몰려왔다. 하루 종일 이곳에서 머물고 싶지만 떠나야 한다. 앞으로 새로운 여행과 다양한 경험들이 기다리고 있다. 이제 차에 올라타면 우유니사막과는 이별이다.

나는 아쉬운 마음에 사진 한 장이라도 더 남기고 싶어 우유니 소금호수 사진을 찍었다. 사진기를 내려놓은 뒤, 눈으로 우유니사막을 바라보며 머릿속에 풍경을 저장했다. 마지막으로 눈을 감고 들리는 소리, 살갗에 불어오는 바람, 시원한 공기 모두를 오감을 이용해 가슴에 담았다.

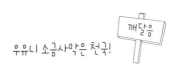
우유니 소금사막은 천국!

우유니에도 놀이동산이 있다고?

선라이즈 투어 후 시간이 넉넉히 남았던 우리는 우유니 마을로 구경을 나갔다. 현금을 찾으러 간 ATM기 옆에 광장이 있는데, 광장 안에 커다란 회전관람차가 천천히 굴러가고 있었다. 이런 곳에 회전관람차가 있다니! 어디선가 금속 부딪히는 소리와 함께 회전관람차가 조금씩 돌아간다. 관람차 밑에는 수염이 더부룩한 아저씨 한 분과 만사가 귀찮아 보이는 강아지 한 마리가 엎드려 있다. 이상한 호기심이 든 나는 일행들에게 같이 타자고 제안했지만, 어쩐 일인지 다들 뿌리친다.

이대로 갈 수 없다. 우유니에서 놀이기구를 탈 수 있다니……. 나는 아저씨에게 계산을 하고 관람차에 올라탔다. 내가 올라타니, 다른 친구도 덩달아 올라왔다. 그렇게 우리 모두 관람차를 타게 되었다. 관람차 몸뚱이는 소금기 가득 머금은 바람을 맞아 녹이 슬어 온통 적갈색 쇳덩이다. 이윽고 관람차가 돌아가자, 모터가 안간힘을 쓰는 소리가 난다.

서서히 올라갈수록 우유니마을의 전경이 들어온다. 관람차가 꼭대기에 도달 할 때쯤, 같이 탄 친구가 흔드는 바람에 내가 탄 관람차가 요동을 친다. 무섭다. 나는 약한 모습을 보이기 싫어 입술만 웃었다. 끼익끼익 공중에 매달린 우리 관람차는 곧 자유낙하 할 것만 같다.

나는 놀이기구를 잘 탄다. 국내뿐만 아니라 해외 이름난 익스트림 놀이기구도 즐기면서 탄다. 하지만 우유니마을에서 타는 놀이기구는 내 단련된 심장도 순두부처럼 말랑말랑하게 만들었다. 우유니에서 아찔함을 느낄 것이라고 생각도 못했는데, 목덜미에서 등줄기를 타고 식은땀이 줄줄 흐른다.

소리 지르는 우리를 보고 넋 나갔던 강아지도 신나게 멍멍하며 짖는다. 아저씨도 흥이 돋으셨는지 몇 바퀴 더 태워 주시고 내려 주셨다. 예상치도 못한 우유니의 대관람차, 강력 추천한다.

깨달음

가장 무서운 놀이기구는 바이킹, 롤러코스터도 아닌 낡은 놀이기구이다.

우유니

함께한다는 것은

우리는 각자 향후 계획을 세우기로 했다. 이미 계획이 정해져 있던 규리 누나는 오늘 오후에 산티아고로 가야 했기 때문에 나머지 우리는 계획을 짜야 한다. 여러 정보를 수집한 결과, 우유니에서 칠레 아타카마 사막을 갈 수 있다고 한다. 아타카마 사막은 세상에서 가장 건조한 지역이라 별을 많이 볼 수 있다는 점에서 선택했다. 상희와 예지도 모두 동의한다. 좋다! 함께하는 여행이 다시 연장된다.

사실 나는 낯을 많이 가려 누구와 쉽게 어울리지 못했다. 어렸을 때부터 혼자 있는 것이 더욱 편했다. 그래서 남들과 어울리기보다는 혼자 하는 운동과 취미생활을 많이 즐겼다. 하지만 여행에 와서는 어느새 사람들 사이에 섞여 잘 지내고 있었다. 여행은 어느 순간 내게 그 누구에게나 섞일 수 용기를 주었다.

깨달음

하나보다는 둘!

우유니

볼리비아에서의 마지막 밤

　내일 새벽에는 칠레 아타카마사막을 가기 위해 칼리마행 버스를 타야 한다. 모든 일정을 마치고 방 안으로 돌아왔지만, 무슨 일인지 피곤하지가 않다. 내일이면 말 많고 탈 많았던 볼리비아를 떠나야 하는 날이다. 주머니를 뒤져 보니, 볼리비아 화폐가 아직 많이 남아 있다. 나는 그냥 잠들기 아쉬워서 조금 남은 자투리 돈을 챙겨서 길거리로 나갔다.

　인적이 드물어졌다. 길 곳곳에는 아직 문을 닫지 않은 상점들이 보였다. 그중 의류잡화를 파는 가게가 있는데, 대가족들이 모여 식사를 하고 있었다. 내가 들어가면 실례일 것 같아 돌아서는데, 할머니가 안으로 들어와서 구경하고 가라고 하셨다. 가게는 겨울에 알맞게 따뜻해 보이는 외투, 장갑, 양말, 목도리 등 각종 방한의류들이 많았다. 더 이상은 옷을 사면 배낭 무게가 무거워져 안 된다는 생각에 자꾸만 눈길이 가는 것을 애써 막았다.

그렇게 구경만 하려는 찰나에 눈에 띄게 예쁜 장갑이 보인다. 무지개 색으로 알록달록하지만 가벼워 보이지 않고 색감이 확연하게 튀지 않아 마음에 쏙 들었다. 결국 나는 장갑 한 컬레를 구입하고 말았다.

호텔로 돌아가는 어두운 길. 목재로 만든 상가에 카페가 하나 있다. 나는 무언가에 홀린 듯 나무계단을 천천히 올라갔다. 우유니마을에 이렇게 세련된 카페가 있을 줄이야! 손님은 아무도 없었다. 나는 구석진 곳에 자리를 잡고 팬케이크와 따뜻한 코코아를 시켰다. 이름 모를 카페에서 음악과 따뜻한 코코아만으로 행복하다. 손에는 아무것도 없지만 전혀 불안하지 않다. 지금 이 시간, 이 공간, 이 느낌 하나하나가 소중하다.

나는 투박하게 만들어진 나무테이블 위에 무지개장갑을 말아 올려놓고 조용히 흘러나오는 음악을 감상하며 눈을 감았다. 테이프 전체가 반복되었을 때쯤, 나는 자리를 정리하고 일어났다. 이제는 들어가서 자야 한다. 나는 카페 주인에게 정중히 인사를 하고 나왔다.

호텔로 돌아가는 길, 많은 생각이 떠오른다. 강도 사건 이후 빨리 벗어나고 싶었던 볼리비아. 이제 눈을 한번 감았다뜨면 기약 없는 이별을 해야 한다. 살면서 내가 이곳을 다시 방문할 수 있을까?

홀로 많은 생각을 짊어지고 터벅터벅 숙소로 돌아왔다. 볼리비아의 마지막 밤은 그렇게 흘러갔다.

미운 정도 정이다.

ZERO

BOLIVAR

CITY

ARGENTINA

·4부·

지구라기보다는 우주에
가까운 칠레

칼리마

연착의 감사함

　바람마저 잠든 깊은 밤. 시계를 보니 4시 30분이다. 5시에 칼리
마행 버스를 타야 하는데, 늦었다. 씻는 것은 포기다. 일단 눈에 보
이는 옷은 전부 입었다. 어제 잠들기 전 가방을 싸놔서 그런지 옷
을 챙겨 입고 나갈 준비를 하는 데 5분도 채 안 걸렸다. 그래도 버
스터미널까지 걸어가는 데 10분에서 15분은 잡아야 해서 그리 넉넉
한 시간은 아니다. 일행들 중 몇몇도 늦잠을 잤는지, 호텔방에서 후
다닥하는 소리가 로비까지 들려온다. 모두 모이고 호텔을 빠져나온
시간은 10분 전 5시. 뛰어야 한다. 버스를 놓친다면 시간 관계상 여
행루트를 접고 최종 목적지 부에노스아이레스로 바로 가야 한다.
그렇기 때문에 절대로 늦어서는 안 된다. 몇 개의 배낭을 짊어 메고
무작정 뛰는 우리의 모습이, 누가 보면 영락없는 야반도주다. 우리
는 그렇게 심장이 터질 듯 뛰었고, 천운으로 9분 만에 터미널까지

우유니-칼리마 구간의 버스

뛰어왔다. 그런데 어찌 된 일인지 버스가 보이질 않는다. 주변에 서성이는 사람에게 물어봤지만, 다들 모르는 눈치다. 설마 벌써 떠난 걸까?

망연자실이다. 이렇게 하루를 날려먹으면 일정을 포기해야 한다. 좀 더 일찍 일어났어야 하는데, 스스로가 한심스럽다. 9시간 가까이 버스를 타니 버스에서 잘 시간도 충분히 많은데……. 괜한 잠 때문에 모든 게 엉망이 된 것 같아 속상했다.

그때였다 사람들이 우르르 어디론가 몰려간다. 버스가 도착한 것이다. 뭐야? 우리가 타야 할 버스가 20분 정도 늦게 도착한 것이다.

볼리비아에서 연착은 부지기수로 일어나는 일이란다. 나는 연착 된 버스에 감사했다. 이렇게 우리는 포기했던 칠레행 버스를 타게 되었다.

깨달음

연착은 어떤 이에게 행운일 수도 있다.

칼리마
다시 마음을 열 수 있을까

칼리마로 향하는 길. 여행 초반 이카에서 만났던 동혁 씨 이야기가 떠오른다. 칼리마에서 강도들에게 납치되어 짐을 다 빼앗겼다고 했던 것이다. 한 번 당한 나로서는 경계를 늦출 수 없었다. 칼리마는 위험한 도시다. 다른 사고사례를 보아도 끔찍하다.

오후 2시쯤, 떨리는 마음으로 칼리마에 도착했다. 나는 일행들을 감싸서 내렸다. 이제부터는 군대 경계근무처럼 주위의 모든 것들을 경계해야 한다. 나는 주머니 한쪽에 무기가 될 만한 뭉툭한 돌을 넣어 두었다. 우리는 칼리마 터미널에서 내려 아타가마로 가는 버스로 갈아타야 한다. 그런데 우리에게는 칠레 페소가 없다. 국경을 통과하면서 환전할 기회도 없었을 뿐더러 ATM기도 보지 못했다. 걱정된다. 환전을 하기 위해 터미널 밖으로 나가면 세렝게티의 톰슨가젤이 되겠지? 그렇다고 혼자 다녀올 수도 없고, 다 같이 가도 걱

출입국절차가 까다롭기로 악명높은 칠레-볼리비아 국경

정되고…….

그런데 나에게 신용카드가 있는 것이 떠올랐다! 버스 티켓이 카드로 결제되면, 비교적 안전한 아타카마에서 환전을 해도 된다. 일단 매표소에서 버스 시간을 알아보니, 아타카마행 버스는 한 시간 뒤에 있고 버스비는 카드로 결제된다고 한다. 천만다행이다. 이제 한 시간 동안 버스터미널에서만 있으면 된다.

나는 돈은 나중에 돌려받기로 하고, 우선 내 카드로 버스티켓을 모두 구입했다. 그런데 버스 직원이 빨리 타라고 한다. 뭐지? 느낌이 신종납치인 것 같다. 직원은 멍하니 바라만 보고있는 우리에게

칠레에서 가장 오래된 성당인 아타카마의 산페드로 성당

신경질을 부린다. 이럴 때일수록 침착해야 한다. 나는 직원에게 버스 티켓을 보여 주고 한 시간 뒤 버스라고 했다.

그러자 남자가 언성을 높이더니, 대뜸 시계를 보여 준다. "지금이 출발시간이야!" 버스 안의 사람들도 우리가 서두르기를 바라는 표정이다. 터미널 시계를 보니 3시다. 분명 내 시계는 2시인데? 아뿔싸, 국경을 넘어서 시간이 바뀐 것이다. 나는 잔뜩 긴장한 나머지, 시차 변경을 놓쳤던 것이다. 페루-볼리비아 구간에서도 실수를 했는데, 또 이런 실수를 했다. 사람들의 행동이 이제야 이해가 됐다.

우리는 버스에 올라탔다. 나는 칠레에 입국한 뒤로부터 강도에 대한 생각에 극도로 예민해져 있었다. 버스에는 나 혼자서만 느끼고 있는 적막한 긴장감이 흐른다. 버스좌석 또한 일행들 모두 따로 떨어져 가는 자리이다. 내 자리는 맨 뒷자리. 엔진의 힘찬 울음소리에 좌석이 들썩이지만, 그래도 모두를 바라볼 수 있는 자리이기에 마음이 놓인다. 그런데 옆자리에 앉은 하얀 수염이 덥수룩한 아저씨가 나에게 말을 건다.

"어디에서 왔어?"

순간적으로 코파카바나에서 라파즈로 가는 버스 안, 나에게 친절로 접근해 납치를 주도했던 아줌마가 떠올랐다. 나는 못 들은 척했다. 아저씨는 다시 한 번 말을 걸어왔다.

"이봐, 친구! 어디에서 왔어? 칠레는 처음 방문한 거니?"

난 고개를 홱 돌려서 쏘아붙이듯 한참을 쳐다보았다. 아저씨는 무안한 웃음만 짓고 있다.

"치나(중국)."

나는 낯선 누군가와 말을 섞고 싶지 않아 일그러진 표정으로 중국이라고 둘러댔다. 호기심 어린 아저씨 눈빛은 순간 무안한 표정으로 바뀌었다. 나는 다시 앞을 보고 사주경계에 나섰다. 상희 옆에 앉은 학생이 자꾸 수상쩍은 행동들을 하는 것 같아 앞좌석으로 걸어나가 괜히 한번 스윽 쳐다보고 자리로 돌아왔다.

차가 중간에 멈춘다. 그러더니 운전기사가 내려 반대편으로 간다. 반대편에 있던 버스기사와 자리를 바꾼 것이다. 반대편 기사가 우리 버스에 올라타자, 나의 예민함은 극도에 다다른다. 나는 옷 안 주머니 깊숙이 있는 짱돌이 만지작만지작했다. 누군가 조금이라도 이상한 행동을 하면 바로 공격할 기세였다.

다행히 우리는 아타카마에 아무 문제없이 잘 도착했다. 걱정했던 칼리마에서는 아무 일도 일어나지 않았다. 나는 강도사건을 당한 뒤 아무렇지 않게 털어낸 줄 알았지만, 정신적인 충격이 아직도 남아 있었던 모양이다. 어쩌면 나에게 호의와 호기심으로 친근하게 다가왔던 그들일 수도 있겠다.

마음이 싱숭생숭했다. 이번 여행을 불신으로 남기고 싶지 않다. 쉽지는 않겠지만, 다시 예전처럼 마음을 열며 여행을 해야겠다고 다짐했다.

불신은 불행의 어머니.

달 위를 걷다

아타카마 아르마스 광장에서 상희와 예지를 만났다. 이제는 우리가 무엇을 해야 할지 정해야 한다. 우리는 근처 여행사들을 찾아서 아타카마에서 유명한 달의 계곡 투어를 신청하기로 했다. 투어는 소금동굴, 성모마리아 세자매상, 죽음의 계곡을 거쳐 마지막으로 선셋 포인트에서 노을을 감상하는 것으로 구성되어 있다.

투어 출발시간은 3시다. 지금은 오후 2시. 투어 출발 1시간 전이라 대부분 투어신청은 종료되었다. 우리는 얼마 남지 않은 시간 동안 각자 흩어져 발품을 판 덕분에 모두가 같이 갈 수 있는 자리를 발견했다. 우리는 서둘러 예약을 마치고 버스에 올라탔다. 그렇게 버스는 30분 정도 달려 달의 계곡으로 향했다. 나는 시간적 여유가 더 있었다면 마을에서 자전거를 빌려 달의계곡으로 갈 생각이었지만, 라파즈에서 시간을 지체하여 투어에 참가하게 됐다.

달의 표면과 비슷한 아타카마 사막은
문워크 댄스를 절로 추게한다

　달의 계곡에 도착한 나는 내리자마자 놀라움을 감출 수 없었다.
수만 년 전부터 건조한 기후로 인해 말라붙은 호수의 흔적과 풍화
작용으로 생겨난 독특한 지형들은 하얀 소금으로 덮여 있었다. 마
치 SF영화의 한 장면 같았다. 도무지 믿기지를 않는다. 괜시리 점
프를 하여 지구의 중력을 확인해 봤다.

　가이드를 따라나서니 암석 사이로 좁은 길이 구불구불 나 있다.
소금협곡이다. 옆을 보니 암석이 하얗게 빛나고 있다. 손으로 문질

러 맛을 보니 소금이다. 사막 한가운데의 암석에서 소금들이 하얗게 빛나고 있다니…….

우리는 햇빛이 들어오지 않는 컴컴한 길로 들어섰다. 손전등이 없으면 온통 암흑천지다. 나는 주변 사람들의 도움으로 조심조심 걸어가는데, 가이드가 암석 한곳을 가리킨다. 사람들이 일제히 손전등을 비추는데, 그곳에는 반짝반짝 빛나는 매끈한 소금이 있다. 손으로 만져 보니 아기 피부처럼 맨들맨들하다. 자연은 참으로 신기하다. 우리는 그렇게 어둠의 길을 뚫고 바깥으로 나왔는데 스웨터보다는 우주복이 어울릴 만한 풍경이 펼쳐진다. 이제는 세 자매 마리아 상으로 이동할 차례이다. 사막 한가운데 뚫려 있는 길을 버스를 타고 질주했다. 버스 안에서 창밖을 내다보는데, 한 커플이 큰 배낭을 짊어 메고 사막 한가운데를 가로질러 가고 있었다. 그들은 시간에 쫓기는 나보다 더욱 많은 것을 보고 느낄 것이다. 내심 그들이 부럽고 멋있게 느껴졌다.

우리는 한참을 달려 바람의 침식작용으로 만들어진 마리아상 모양의 바위를 보러 갔다. 일렬로 서 있는 세 개의 바위가 두 손을 모으고 기도하는 형상인데 가장 오른쪽 바위는 어느 순간 부수어졌다고 한다. 나는 신나게 사막을 뛰어 놀고 예쁜 돌들도 하나둘씩 주웠다. 그리고 황량한 사막에서 나이에 걸맞지 않게 소꿉놀이를 했다.

세 자매 마리아상 바위에 대한 설명이 끝나고 우리는 사막 한가운데를 무작정 걷기 시작했다. 가이드는 사막에 얽힌 신화를 들려주었다. 눈치로 들어 보니 슬픈 이야기인 것 같다. 이럴 때 스페인어를 잘했으면 하는 아쉬움이 든다. 우리는 그렇게 푸석푸석한 사막을 한참 동안 걷다가 버스를 타고 죽음의 계곡으로 향했다.

죽음의 계곡에서도 기괴한 암석과 지형 때문에 우주에 와 있는 듯한 착각이 드는 풍경이 펼쳐졌다. 우리는 사진을 찍고 흙장난을 하며 어린아이처럼 신나게 놀았다. 그리고 해가 저물 때쯤, 우리는 투어의 하이라이트인 선셋 포인트로 이동했다. 선셋 포인트로 유명한 절벽 끝에는 사람들이 아슬아슬하게 걸터앉아 있다. 아직은 해가 남아있지만, 조금씩 노을빛이 하늘에 스며들기 시작한다.

노을과 사막 특유의 흙색이 만나니 황금빛으로 빛난다. 사람들의 눈빛도 덩달아 황금빛으로 빛나기 시작하였고, 마음은 어린 소녀의 감성처럼 홍조를 띠고 있다. 자연이 주는 선물은 로맨틱하다. 아름답다. 아타카마의 진면목은 단연 석양인 것 같다. 한국에서 삶은 모

기도하는 세 마리아 상 바위

니터, 스크린 앞에서 바라보던 작은 세상이 전부였다. 그러나 한 발짝 물러나 보니 이렇게 아름다운 자연이 있다는 것을 깨닫던 순간이다. 나는 이 순간을 마음속에 4B연필로 진하게 새겨 넣었다.

깨달음

모니터 밖에는 엄청난 세상이 기다리고 있다.

별을 찾아 사막을 질주하다

달의 계곡 투어가 끝난 후, 별들이 쏟아지는 밤하늘을 보기 위해 나는 자전거를 대여해 주는 가게를 찾아 헤맸다. 하지만 저녁시간이라 다들 자전거를 빌려줄 수 없다는 입장이다.

다른 여행사를 찾아가 봤지만, 점심때와 같은 기적이 나타나진 않았다. 별자리투어는 이미 종료되었다. 아타카마에 별을 보러 왔는데, 별을 볼 수 없게 된 것이다. 밥 먹는 것을 포기하고 바로 별 투어를 갔어야 하는데……. 뒤늦은 후회감이 많이 밀려온다. 하늘을 올려보았으나 마을의 불빛 때문에 별들이 잘 보이지 않는다. 절망적이다. 어떻게든 빛 공해가 없는 곳을 찾아가야 한다. 별을 보고 싶다. 아니, 반드시 봐야 한다.

몽골에서 봤던 밤하늘보다 반짝이는 별들을 더욱 많이 볼 수 있을 것 같은 곳 은 아타카마가 유일해 보인다. 나는 현지인들에게 별을 보러 갈 수 있는 방법을 추천해 달라고 했지만, 다들 이미 늦었단다.

그런데 저 멀리 조그마한 가게에 불이 켜져 있다. 나는 직감적으로 한줄기 희망일 것이라는 생각이 들었다. 가게 앞 좌판에는 'RENT CAR'라고 적혀 있었다. 그래, 오늘 밤만 차를 빌리는 것이 가능하다면 나쁘지 않을 것이다. 마침 나는 국제 운전면허증도 가지고 있었다.

가게 안에는 선하게 생긴 젊은 백인 남자가 앉아서 웃으며 우릴 반겨 준다. 나는 우리의 사정을 이야기했다. 돈은 없고 별은 보고 싶고, 차를 오늘 밤사이 12시간만 빌릴 수 있냐고 물어보니, 가능하단다. 구원의 손길이다.

하지만 가장 큰 문제는 금액이다. 아타카마는 정말 살인적으로 물가가 비싸다. 아이들은 점원에게 할인해 달라고 졸랐고 점원은 계산기를 타닥타닥 눌러 계산하더니 우리에게 보여 준다. 170달러, 우리나라 돈으로 20만 원에 가까운 돈이다. 우리는 약속이라도 한 듯 서로를 쳐다보았다.

그랬더니 점원이 열심히 설명을 해 준다. 지금 시간에서 빌릴 수 있는 곳이 없을뿐더러 본인도 여기서 아르바이트를 하는 입장이라 제일 싸게 한 금액이라고 한다. 점원의 눈빛을 보니 진실이 담겨 있다. 한 사람당 계산해 보니, 충분히 투자할 만한 가치가 있다. 아타카마에서 별을 볼 수 없다는 것은 상상하기조차 싫다

"우리가 빌릴 차는 무엇인가요?" 직원은 의미심장한 미소를 보이면서 "캠핑카"라고 말한다. 차 안에서 취사도 할 수 있고 잠도 잘 수 있다고 한다. 우리는 생각지도 못한 캠핑카 투어에 모두 환호성을

질렀다. 차를 빌리기 위한 모든 절차를 마치고 우리는 그렇게 급조한 캠핑카 스타투어를 떠나게 되었다. 마을 옆 차고지로 걸어가자, 청년은 캠핑카로 개조된 봉고차를 보여 주며 시설 사용법과 운전법을 가르쳐 주었다. 차량은 수동변속기라 걱정이 되긴 하지만 잘할 수 있다. 깜깜한 사막 한가운데를 운전하며 질주할 생각을 하니 심장이 벌써부터 두근거린다. 점원은 친절했다. 그의 고향은 네덜란드인데, 여행을 하다가 아타카마의 매력에 빠져 잠시 정착하여 일을 하며 지내고 있다고 한다. 그 청년은 큰 지도 하나를 챙겨 주며 별들이 많이 보이는 포인트를 가르쳐 준다. 캠핑카는 최신식의 장비들과 전자장치가 설치되어 있는 게 아니라, 조금은 낡은 식수대와 침대가 있다. 그래도 좋다. 사막에서 무슨 호사를 누리겠나? 이것만으로도 충분히 낭만적이다. 하지만 문제는 연료다. 연료는 한 칸밖에 없고 지금 당장 주유를 할 곳이 없다. 점원은 목적지까지 다녀오는데는 무리가 없을 것 같다고 하지만 혹시나 몰라 다른 차량에서 얼마 남지 않은 연료를 털어 차에다 넣어 주었다. 드디어 차를 인계 받고 출발! 조수석에는 길눈이 밝은 상희가 탔다. 그리고 오늘은 밤을 새워야 하니 마을에 들러 요깃거리와 커피를 사러 가기로 했다. 나는 차를 마을로 돌렸다. 그런데 마을 사람들이 이상한 표정으로 보고 있다. 가게 앞에서 아이들이 내려 음식들을 사러 갔는데, 사람들이 이곳은 일방통행이라고 한다. 벌금을 낼 수도 있다고 하여 나는 서둘러 차를 돌렸다. 아이들이 멀리서 뛰어온다. 그런데 맙소사! 아이들 뒤에는 엄청난 덩치를 가진 개들도 같이 쫓아오고 있다. 순식간에 심상치 않은 기분이 들었다.

나는 신속히 내려 차문을 열어 놓고 아이들이 올라타기를 기다렸다. 하지만 실패다. 아이들이 차에 올라탐과 동시에 개들도 차에 같이 올라탔다. 개들은 잔뜩 화가 난 표정이다. 하나같이 눈빛에서 살기가 느껴진다. 먹을 것을 들고 있는 예지를 내리게 하여 개들을 차 밖으로 유인했다. 그런데 검정색 털로 덮인 덩치 큰 개가 차에서 내리려 하지 않아 발로 밀어 결국에 차 밖으로 밀어냈다. 그리고는 다시 예지를 잽싸게 태워 차문을 닫았다.

개들 무리는 이제 큰소리로 짖어댄다. 수많은 개들이 독기 가득한 눈빛으로 차 주위를 둘러싸고 짖기 시작한다. 기어를 중립으로 하고 액셀러레이터를 밟아 공회전으로 굉음을 내어도 도망가지 않고 더욱 사납게 짖어댄다. 클랙슨을 울려도 개들을 더욱 자극할 뿐이다. 방법이 없다. 나는 기어를 1단에 넣고 천천히 움직여봤지만 개들에게 포위되어 움직일 수가 없었다.

차를 조금씩 움직이니, 차 앞을 가로 막았던 개들은 절묘하게도 부딪히기 직전에 피한다. 나는 조금씩 기어변속을 하고 속력을 냈다. 하지만 개들은 맹렬히 추격해 와 기어이 차를 가로막는다. 나는 책에서 짖으며 따라오는 개들을 제압하는 법을 본 적이 있다. 책에서는 급브레이크를 밟으면 개들이 기가 죽는다고 했으나, 지금 따라오는 개들은 개가 아닌 것 같다.

무엇이 이들을 이토록 화나게 했을까? 이유는 잘 모르겠다. 다시 차를 출발시켜 큰 도로로 향했다. 멀리 나왔지만 끝까지 따라온다. 개들이 빈틈을 보이는 순간, 나는 순간적으로 가속페달을 깊숙이 밟았다. RPM은 레드존에 진입해 있었고 급가속으로 인해 캠핑카의 머플러에는 힘겨운 신음소리가 흘러나왔다.

개들을 속도전에서 이겨 따돌렸다. 가뜩이나 기름도 없는데 큰일이다. 개들도 말을 할 줄 안다면 물어보고 싶다. 왜 그렇게 화가 났었는지 궁금하다. 우리는 이제 지도를 보고 청년이 말해 준 은밀한 포인트로 찾아가야 한다. 조수석에 탄 상희는 핸드폰 GPS와 지도를 번갈아 보며 길을 설명해 준다.

그렇게 20여 분을 달렸을까? 아까 왔던 똑같은 자리로 돌아왔다. 첨단기기로 무장을 해도 사막의 밤은 방향감각을 상실하게 만든다. 이제 밤 10시가 다 되었다. 배가 고프다. 아까 사 온 간식들을 보니, 배를 채우기에는 형편없이 부족하다. 우리는 마을까지 되돌아온 김에 외곽에 있는 슈퍼에 들러 식량을 채웠다. 그리고 우리는 다시 들뜬 기분을 되찾으며 출발했다.

별을 보는 뷰포인트로 가는 길. 이상하게 계속 오르막길이다. 고도가 높은 곳으로 갈수록 별이 잘 보이나 보다. 그런데 이번에는 또 다른 문제가 생겼다. 연료 게이지에 불이 들어온 것이다. 아까 공회전 공격과 더불어 길을 잃고 헤맨 것 덕분에 기름이 벌써 동이 난 것 같다. 설상가상으로 가는 길에는 사람 사는 집이 하나도 안 보인다. 여기서 차가 멈춘다면 말 그대로 허허벌판에서 주저앉아야 한다.

차를 잠시 멈추고 회의에 들어갔다. 'GO'인가, 'STOP'인가? 당연히 만장일치 'GO'이다. 여기까지 와서 돌아간다는 것은 아쉬움이 클 것이다. 어떻게 될지 모르는 미래에 도박을 걸기로 하고 우리는 그대로 GO했다. 이런 무모한 정신을 가진 일행들을 만난 데 감사했다.

차는 다시 출발했지만, 이번에는 큰 돌들이 제멋대로 굴러다니는 개울가가 나타난다. 요철이 제법 심해 보인다. 차를 멈추고 다시 일행을 돌아봤다. 나는 무언의 물음을 눈빛으로 보냈고, 다시 한 번 GO라는 눈빛을 읽었다. 뒤에 앉은 일행들은 타의로 차 안에서 브레이크댄스를 췄다. 성공적으로 요철지대도 지나고 목적지에 거의 다 왔다.

나는 최대한 아무것도 보이지 않고 아무것도 들리지 않을 것 같은 지역에 차를 멈춰 세웠다. 이제는 차에서 내려 밤하늘을 바라보면 된다. '세상에서 별이 가장 잘 보이는 곳'에서 별을 보려니 가슴이 두근거리며 요동쳤다. 칠레에는 오로지 별을 보기 위해 왔다고 해도 과언이 아니다.

일교차가 큰 사막의 밤은 우리나라 한겨울보다 춥다. 나는 옷을 단단히 챙겨 입고 차에서 내렸다. 칼날처럼 예리한 바람이 겹겹이 껴입은 옷들 사이로 들어온다. 손끝이 얼 것 같았다. 주위를 둘러보니, 조그마한 빛을 머금은 우리 눈동자만이 미약하게 빛나고 있었다. 귓가에는 바람이 스쳐지나가는 소리뿐이었다.

밤하늘을 올려다보니 원망스럽게 둥근 보름달이 환하게 떠 있다. 보름달은 별 관측에 악영향을 준다. 하지만 예상 밖으로 많은 별들이 빛나고 있다. 시끌벅적했던 우리는 하나둘씩 조용해지기 시작했고, 나는 맨바닥에 누워서 하늘을 바라보았다. 수많은 별똥별이 지구에 내려온다. 덕분에 나는 소원부자가 되었다. 밤하늘의 별들도 아름답지만, 여기까지 오게 된 과정들도 또 하나의 아름다움으로 다가온다.

주위를 둘러보니 아이들은 차 위에 올라 누워서 하늘을 바라본다. 상희는 핸드폰으로 따뜻한 노래를 귓가에 닿을 듯 말 듯 흘려보내 준다. 나는 다시 고개를 들어 하늘을 바라보니 그동안 살아왔던 28년의 세월이 슬로우비디오처럼 아주 천천히 밤하늘 스크린에 상영되고 있다. 나는 행복했다. 곧 죽으라고 해도 후회 없을 만큼의 행복이다.

나는 여행을 떠나기 전, 자괴감을 느끼며 자존감이 낮아 있었다. 나는 세상에서 과연 필요한 사람일까? 스스로를 낮추는 생각들도 많이 들었다. 하지만 지금 이 순간, 나는 그 어느 누구보다 행복하고 멋있는 사람임을 확인했다. 분명 밤하늘의 달과 별들은 나에게 그렇게 이야기해 주었다. 맨바닥에 한동안 누워 있었더니 온몸이 꽁꽁 얼어붙었다. 차에서 아이들은 따뜻한 커피를 끓이고 있었다. 캠핑카에는 취사도구가 있어서 물을 끓이는 데는 부족함이 없었다. 우리는 아까 사 온 커피와 빵을 가지고 차 안으로 들어왔다. 따뜻한 커피가 꽁꽁 언 손을 녹여 주고 따뜻한 음악들은 꽁꽁 언 마음을 풀어 주었다.

그리고 차 안에 빙 둘러앉은 우리는 그동안 함께했던 추억들을 공유했다. 낯선 곳에서 마음 터놓고 이야기를 하고 있는 내 자신이 신기했다. 혼자가 아닌 삶에 어색하였는데, 이번 여행을 통해서 누군가와 어울리고 마음을 터놓는 법을 배운 것 같다.

여행 떠나기 전, 대부분의 사람들은 "장가갈 나이가 되었는데, 돈은 안 모으니?", "시간과 돈을 들여서 갈 거면 유럽을 가지, 왜 그렇게 험한 데를 가?" 등 많은 말들은 해왔다. 하지만 나는 시간과 돈을 떠나 스스로 인간적 성숙함을 배웠고, 이 여행이 어떻게 끝나든 일말에 후회가 없을 것 같다고 느꼈다. 강도사건마저도 잃은 것보다 무형적으로 얻은 것이 훨씬 많으니, 비로소 마음의 짐을 내려놓을 수 있었다.

그날 밤, 나는 스스로를 진정 사랑하게 되었다.

나는 멋진 사람!

깨달음

· 5부 ·

아르헨티나에서 인생의
해답을 찾다

살타

안녕, 아르헨티나

　일행들과 여행루트가 다른 나는 홀로 칠레 아타카마에서 아르헨티나 살타로 향하는 장거리 버스를 타야 했다. 소요시간은 10시간. 일단 남은 칠레페소를 가지고 터미널 매점에서 초콜릿, 비스킷, 물, 음료, 빵 등 간식거리들을 샀다. 아타카마 버스터미널은 국경을 넘는 노선이 존재하는 엄연한 국제터미널이지만, 규모가 크지 않고 승객도 많지 않아 시골 간이정류장 느낌이 든다.

　버스가 도착하여 나는 짐을 짐칸에 싣고 자리에 올랐다. 버스는 우렁찬 배기음을 뽐내며 아타카마 마을을 떠난다. 점점 마을이 멀어질수록 '내가 이 마을을 다시 올 수 있을까?'라는 의문이 든다. 항상 가 보지 않은 곳으로 다니는 게 나의 여행 철칙이다. 그래서 다시 올 기회가 없을 것 같아 기분이 먹먹하다. 나에게 잊을 수 없는 추억을 선물해 준 아타카마에게 고맙다는 인사와 함께, 나는 버스

아타카마-살타 구간의 국제버스

창문에 기대었다.

어제 밤을 새며 별들과 노느라 이동시간 내내 자야겠다고 생각했는데 그림 같은 풍경 덕분에 차마 잠을 이룰 수가 없다. 창밖을 바라보니 금빛으로 물든 안데스 고원이 광활하게 펼쳐져 있다. 듬성듬성 감자의 싹처럼 금색 풀들이 사람 무릎 높이만큼 자라 있고 바람이 휘날리는 들판 사이에는 시원해 보이는 강줄기들이 보인다. 금색 들판과 짙은 청색의 하늘은 자연의 아름다움을 그대로 보여 준다. 남미에서 버스를 타면 아름다운 절경에 나도 모르게 감탄을 하게 된다. 특히 아타카마-살타구간은 정말 아름답다. 버스 이동 중 최고의 바깥경치를 자랑한다. 같은 풍경이 계속되어도 질리지 않는다.

버스에서는 바깥풍경과는 상반되게 지루한 영화를 틀어 준다. 영

아타카마-살타 구간은 아름다운 자연들이 펼쳐진다

화가 상영되는 작은 모니터 옆에서 버스 속도가 나타나는데, 속도는 70㎞ 내외다. 이런 속도로 가는 것을 보니, 교통량이 많지 않고 포장도로이지만 살타까지 10시간이 걸리는 이유를 알 것 같다. 거북이 버스는 자연을 마음껏 즐기라고 천천히 가는 것 같다. 나는 몇 시간을 그렇게 바깥풍경을 보면서 시간을 보냈다.

3시간 정도 달렸을까? 국경지대가 나온다. 나는 짐을 가지고 내려 출국심사대로 갔다. 주위에는 아무것도 없는 시골이지만, 국경 심사대만큼은 최신 시설이다. 출국심사 도장을 받고 이제 입국심사를 받아야 한다. 출입국 관리소 직원은 생각보다 수월하게 도장을 찍어 준다. 짐 검사도 일일이 뒤져서 하는 것이 아니라 컨베이어벨트로 한다. 볼리비아와 칠레 국경에서는 하나하나 뒤져 확인하느라 엄청난 시간을 지체했는데, 이곳에서는 빠른 속도로 입국 수속을 마칠 수 있었다.

　이제는 내 여행의 마지막 종착국, 아르헨티나이다. 나는 다시 짐을 짐칸에 넣어 두고 칠레와의 마지막 인사를 나눴다. 안녕, 칠레. 안녕, 아르헨티나!

아타카마 버스터미널에서 만난
구걸하는 멍멍이

깨달음

여행은 떠난 곳에 대한 아쉬움보다 다가올 설렘이 더 크다.

살타

아르헨티나에서 환전하는 방법

눈을 뜨니 아직 해가 떠 있다. 아타카마-살타 구간의 이동시간은 길다. 잠을 자고 일어났는데도 끝이 없다. 덕분에 버스에서 강제로 자아성찰의 시간을 가질 수 있었다. 창밖을 바라보니 어느덧 가로등 불빛이 나타나기 시작했고, 코끝에는 도시냄새가 스쳐간다. 이제 거의 다 온 모양이다. 피곤함과 답답함이 슬슬 사라지기 시작한다.

나는 하루 종일 제대로 된 밥 한 끼 먹지 못하고 빵으로만 때웠다. 배가 고파서 그런지 머릿속에서는 음식 생각만 떠오른다. 아르헨티나는 아사도(스테이크)가 유명하다. 광활한 자연에서 방목하여 키우는 소들은 육질도 부드럽고 가격까지 저렴하여 여행자들에 기쁨이 되어준다. 어서 가서 아사도를 먹고 싶다.

버스는 국경을 제외하고 중간에 멈추지 않아 예상 소요시간보다 한 시간 일찍 살타 버스터미널에 도착했다. 터미널은 우리나라 대도시터미널과 견줄 만큼 넓다.

　그런데 문제가 생겼다. 나는 아르헨티나에 오자마자 환전부터 해야 했다. 하지만 터미널에 환전소가 존재하지 않는다. 국경에서도 그렇고, 환전하는 곳을 한 번도 본 적이 없다. 터미널에서 택시를 타고 시가지로 가야 하는데 방법이 없다. 터미널 내부 ATM기에서 현금을 찾으려고 했지만, 카드 인식이 안 된다. 어디서도 현금을 구할 수가 없다. 하다못해 공식 환율을 적용하는 은행마저 모두 문을 닫은 상태다. 총체적 난국이다. 그렇다고 시가지까지 걸어갈 수 있는 거리도 아닌 것 같다.

　한참 동안 궁리를 하다가 택시를 타기 전 택시기사님에게 내가 환전을 못해서 그러니, 시가지에 가서 환전을 하고 택시비를 주겠다고 하자, 흔쾌히 허락하셨다. 대신 약간의 바가지 택시요금을 불렀지만, 어쩔 수 없는 선택이었다. 나는 기사님에게 아르마스 광장으로 가달라고 부탁했다.

　살타는 생각보다 컸다. 고급스러워 보이는 식당과 가게들이 많이 보인다. 나는 광장에서 내려 바로 길거리 환전상에게 다가갔다. 아르헨티나는 위폐가 많이 유통되고 있어, 외국인을 상대로 하는 환전사기가 많이 일어난다고 하여 상당히 걱정되었다. 그래서 택시기사님과 같이 환전을 하고 택시비를 계산했다.

　이제는 내게 두 번째 과제가 남았다. 바로 숙소를 찾아야 한다는 것이다. 그런데 숙소들이 하나같이 비싸 보인다. 광장 외곽으로 나가 화려하진 않지만, 어느 정도의 시설을 갖춘 숙소가 있어 들어갔다. 가격도 나쁘지 않다.

하지만 3번째 과제가 남았다. 바로 2차 환전을 해야 한다는 점이다. 이번에는 거액을 환전해야 한다. 그래야 숙소비도 내고 기다려 왔던 아사도도 먹을 수 있다. 호텔 직원에게 환전에 관해 물어보니, 직원은 친구가 환전상을 한다며 전화로 친구를 불렀다. 나는 의심의 눈초리를 갖고 직원의 친구를 기다렸다.

30분쯤 기다리니, 머리가 벗겨진 중년의 아저씨가 허름한 차림으로 들어온다. 그는 나를 보고 반갑게 웃는다. 아저씨는 호텔로비 으슥한 곳에서 앉아 계산기를 꺼내고 흥정을 하기 시작했다. 환율을 가지고 흥정하기는 처음이다. 아르헨티나는 2014년 디폴트선언 이후 공식 환율과 암환율의 차이가 1.5배 가까이 난다. 그래서 대부분의 여행객들은 암환율을 이용해 개인 환전상과 거래를 하게 된다.

중년의 아저씨는 계산기를 툭툭 두드려 환율을 보여 준다. 나는 어림없다는 뜻으로 다시 계산기를 눌러 가격을 올렸다. 아저씨는 곰곰이 생각하다가 콜을 외치셨다. 나는 준비한 달러를 보여 주고 아저씨는 외투 속 깊은 곳에서 돈을 꺼내서 천천히 확인하고, 나에게 건네준다.

그러나 한 가지 걱정이 더 있다. 나는 위폐인지 구별을 할 수가 없다. 아무도 믿을 수 없는 상황. 호텔 직원은 나보다 더 잘 알 것 같아 직원에게 도움을 요청하고 셋이서 자리에 앉았다. 나는 아저씨에게 건네받은 돈들을 일일이 빛에 비추어 보면서 확인했다. 그리고 그 자리에서 숙박비를 계산했다. 아저씨는 푸근한 미소로 웃으시면서 스윽 사라지셨다. 훗날 알게 된 거지만 아저씨의 환율은 최고가로 쳐 주셨던 거였다.

깨달음

육로로 국경 통과 시 미리 소액을 환전해 두자.

살타

최고의 스테이크를 먹다

하루 종일 좁은 공간에 있어서 그런 건지, 자고 싶다는 생각보다는 나가서 아사도를 먹고 싶다는 생각밖에 안 들었다. 나는 다시 밖으로 나가 호텔 직원에게 아사도 맛집을 물어 찾아갔다. 호텔과 멀지 않은 거리였다.

식당은 고급스러웠다. 지금까지 다녔던 남미 식당과는 다른 고급스러운 분위기다. 클래식음악이 흘러나오는 가운데, 여기저기에서 양복을 입은 사람들은 축배의 잔을 들고 있다. 분위기에 주눅이 들었는지, 반팔티를 입은 나는 괜히 움츠려진다.

어? 그런데 이상하다. 지금 시간대는 쌀쌀해 패딩을 입어야 하는데, 반팔을 입어도 전혀 춥지 않다. 버스를 타고 10시간 정도 이동한 것인데, 어떻게 이렇게 기후와 온도 차이가 날 수 있을까? 신기하다. 날씨가 추운 게 아니라 오히려 더워 얼굴에 기름이 번들번

한화 1~2만원 가량으로 푸짐한 스테이크를 즐길 수 있다

들할 정도이다. 그래도 추운 것보다는 훨씬 좋다.

내가 이리저리 식당을 구경하고 있을 때, 웨이터가 메뉴판을 정성스럽게 갖다 주었다. 아르헨티나의 웨이터는 상당한 직업의식을 가지고 있다고 하는데, 자부심을 가지고 임하는 것 같아 보였다. 메뉴판을 보니 갈비살, 등심 등이 있다. 가격은 생각했던 것보다 더욱 저렴하다. 계산을 하자면, 우리나라 돈 2만 원 정도에 푸짐한 고급 스테이크를 먹을 수 있는 것이다.

나는 안심스테이크를 시켰다. 그리고 날이 더워 살타에서 생산되는 지역의 자랑, 살타맥주를 시켰다. 먼저 애피타이저로 막대스틱처럼 생긴 두툼한 과자와 함께 야채샐러드가 나왔다. 나는 맥주와 함께 먹었는데, 맥주 맛이 정말 일품이다.

곧 있으니 내 두 손을 포개 놓은 만큼의 두께를 가진 스테이크가 나왔다. 미디움레어로 주문하여서 그런지, 두꺼운 스테이크를 나이프로 자르니 마치 크림빵을 자르는 느낌처럼 부드러웠다. 스테이크는 약간의 핏기가 돌고 있다. 나는 소스와 샐러드, 아무것도 곁들이지 않고 오로지 한 점을 입안에 넣었다.

고기는 너무 부드러운 나머지, 몇 번 씹으니 고깃결 사이의 육즙이 입안에서 흐르고 있다. 거기에 살타맥주를 한 잔 곁들이니, 내가 아르헨티나에 온 이유를 느꼈다. 스테이크는 아르헨티나인의 인심을 반영한 결과인지, 굶주렸던 나에게 만족을 줄 만큼의 양이었다. 오늘의 하이라이트는 단연코 아사도와 살타맥주다.

감탄사를 연발하며 먹는 동안 주위에서 다들 나를 쳐다보고 있었다. 하지만 나는 아랑곳하지 않고 남긴 음식 없이 싹 다 먹었다.

bife de lomo : 등심

bife de chorizo 갈비

bife de costilla : T본 스테이크

chorizo : 순대 같은 소시지구이

parillada : 모듬아사도

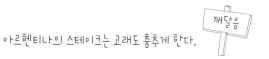

아르헨티나의 스테이크는 고래도 춤추게 한다.

살타

인종차별에 대처하는 방법 #2

　다음 날 아침, 광장에 나가 보니 많은 학생들이 몰려 있다. 학생들은 수학여행을 온 것 같다. 그런데 광장을 지나가는데, 학생 무리에서 나에게 손가락질을 하며 비아냥거린다. 자세히 들어 보니 "치나~ 치나~"라고 말한다. '치나'는 '중국인'이라는 뜻이다. 내가 하도 겉모습이 튀니 위화감이 드는가 싶었다.

　나는 눈에 보이는 길로 무작정 직진하며 거리의 상점들과 사람을 구경했다. 그런데 어느 순간, 내가 사람들을 구경하는 것이 아닌 사람들이 나를 구경하기 시작한다. 이상하게도 비아냥거리는 느낌이 든다. 곳곳에서는 다시 "치나~ 치나~"라고 손가락질을 한다. 그러다 길거리에 보수공사를 하고 있는 곳을 지나치게 되었는데, 그곳의 공사장 인부들이 나에게 손가락질을 하며 비열하게 비웃는다.

　나는 그 자리에 멈춰 섰다. 공사장 인부들은 비아냥을 멈출 기미가 보이지 않는다. 계속해서 나를 향해 손가락질을 하며 웃는다. 심지어 손가락으로 욕을 한다. 내가 무엇을 잘못했는지 잠시 생각해 보았다. 그러나 아무리 생각해 보아도 잘못한 것이 없다. 그냥 이대로 지나간다면 두고두고 후회할 것 같았다.

나는 일단 인부들 시야에서 사라져 주위에 검은 봉투를 주운 다음, 그 안에 쓰레기들을 한껏 담은 후 튼튼하게 묶었다. 그리고 그 봉투를 들고 공사장 인부들이 눈에 보일 만큼 거리를 두고 멀찍이 계속 두리번거리며 바라보았다. 공사장 인부들도 나를 보고 있는데, 아까와는 사뭇 다른 눈빛이다. 나는 계속해서 두리번거리고 안절부절못하는 척을 했다. 공사장 인부들도 내가 왜 그러는지 몰라 고개를 갸웃거린다.

바로 이때다. 나는 천천히 인부들에게 다가갔다. 그리고 날 조롱한 사람들을 하나둘씩 바라보았다. 인부들도 어느샌가 웃음기가 사라지고 긴장한 것 같았다. 나는 의미심장한 웃음을 지으며 검은색 봉투를 그 자리에 두고 잽싸게 도망갔다. 공사장 인부들도 놀랐는지, 다들 뿔뿔이 흩어져 소리를 지르며 도망을 간다.

그 모습을 보고 나니 속이 시원하다. 아마 인부들은 그것을 폭발물로 생각했을 것이다. 일어나자마자 입가심으로 마셨던 살타 맥주 덕분이다. 나는 빠른 걸음으로 광장으로 돌아왔다.

깨달음

아침에는 맥주를 마시지 말자.

279

× 5부 · 아르헨티나에서 인생의 해답을 찾다 ×

이과수

아 내 인생 최고의 미녀여

  여행이 며칠 남지 않은 상황, 살타에서 운이 좋게 이과수행 항공권을 구입하여 곧바로 이과수로 넘어왔다. 시간이 촉박하여 이과수 폭포를 못 볼 줄 알았는데, 기분이 날아갈 듯하다. 이과수에 오니, 확실히 열대기후로 달라졌다. 이과수에는 전체적으로 싱싱하고 거친 야생 풀냄새가 기분 좋게 감돌았다.

  공항 안으로 들어오는 길. 청바지에 검정 티셔츠를 입은 여자가 긴 머리를 휘날리며 걸어간다. 여권을 보니 브라질 사람이었다. 이동 동선이 비슷해서 따라가게 되었는데, 몸의 비율이나 얼굴 생김새가 너무 완벽했다. 내가 그동안 봐 왔던 여자 중 외형적으로 가장 아름다운 여자였다.

  180이 넘는 훤칠한 키에 진청색의 눈동자, 장군의 검과 같은 날카로운 콧날 그리고 검게 그을린 구릿빛 피부까지 너무 완벽했다. 흡

사 추억의 만화 〈은하철도 999〉의 메텔 같았다.

마치 동경해 온 연예인을 보는 듯한 기분이다. 평소 같았으면 같이 사진을 찍자고 부탁했을 배짱이 있었을 텐데, 이번엔 어쩐 일인지 용기가 나지 않는다. 다음날 이과수 폭포에서 재회했으나 얼음이 된 나는 그렇게 미녀를 떠나보냈다.

깨달음

용기 있는 자가 미녀를 얻을 수밖에 없다.

이과수

겁이 나면 복면을 쓰자

이과수 버스터미널 근처 호스텔에 짐을 풀었다. 나는 야식이 먹고 싶었다. 그러나 이미 너무 늦은 시간. 나는 브라질과 아르헨티나의 치안에 대해 생각해 보았다. 여행 떠나오기 전, 브라질에서 총기강도사건이 뉴스로 연속적으로 올라와 주의 깊게 봤었는데, 이과수지역은 버스를 타고 다리 하나만 건너면 브라질 지역이라 걱정이 된다.

나는 뾰족한 수를 찾다가 지금까지 한 번도 사용하지 않았던 복면마스크를 발견했다. 그래, 바로 이거다! 나는 모자를 꾹 눌러쓰고 눈만 보이게 복면을 썼다. 그리고 한손에는 파란불이 들어오는 셀카봉을 들고, 그렇게 우스운 꼴로 방을 나섰다.

호스텔 로비에 있던 사람들이 나를 보자마자 눈이 휘둥그레진다. 다들 무슨 영문일지 궁금할 것이다. 밤거리는 후덥지근한 날씨와는 상반되게 스산한 느낌이 감돈다. 길거리에는 거친 배기음의 오토바이들이 휘젓고 다닌다. 나는 진돗개 3에 대한 경계태세로 눈만 좌우로 돌려 가며 경계에 나섰다.

그렇게 무작정 걷고 있을 때였다. 저 멀리서 현지인들이 모여 있는 노점식당이 보였다. 야외의 테이블에는 사람들이 모여 맥주를 마시며 호쾌하게 떠들며 놀고 있었다. 목소리와 웃음소리가 어찌나 큰지 움츠려진다. 식당에서 들려오는 큰 음악소리에 맞춰 춤추는 사람들도 있었다. 남미의 사람들은 흥을 가진 유전자를 보유한 게 틀림없다.

내가 노점 앞에 나타나니, 사람들의 시선이 하나둘씩 모여진다. 식당에는 한국의 군만두 같은 엠빠나다가 보기 좋게 진열되어 있다. 내가 가게를 기웃거리니 선한 인상의 할아버지가 나오셔서 나에게 무엇 때문에 왔냐고 물어봤다. 나는 닭고기와 소고기, 돼지고기 엠빠나다를 종류별로 주문했다.

주인 할아버지는 음식을 데워 주신다고 했다. 복면을 벗은 나는 식당 앞에서 음식을 기다리다가 심심한 마음에 음악 소리에 맞춰 리듬을 타기 시작했다. 살짝 리듬만 탄 것뿐인데, 거리에서 맥주를 즐기고 있던 사람들도 재밌는지 같이 춤을 추기 시작했다. 주인 아저씨는 엠빠나다를 데우다가 춤추는 우릴 보고 볼륨업을 해 주셨다. 순식간에 식당 앞거리는 열광의 도가니가 됐다. 내가 먼저 마음을 열고 동화되니, 현지인들도 마음을 열어 주었다. 불과 10분 남짓에 짧은 시간이었지만 즐거웠다.

작별의 인사를 나눈 후 뜨끈한 엠빠나다를 들고 숙소로 돌아가는

어두운 밤거리는 무서워 셀카봉을
무기삼아 들고 다녔다

길, 아이스크림 가게에 불이 켜져 있다. 이곳도 그냥 지나칠 수가 없다. 이번에도 인상 좋은 아저씨 한 분이 웃으면서 반겨 주신다. 아저씨는 내가 못 알아듣는 걸 알고 계셨지만 아이스크림에 대해 자세하게 설명해 주셨다. 우리나라 프랜차이즈 아이스크림 가게처럼 고급스럽고 화려하진 않지만, 가게 안의 아이스크림을 보니 과육이 듬뿍 들어가 있는 아이스크림이라 더욱 먹음직스러워 보였다.

나는 3가지 맛을 구입해 큰 컵에 담아가고 싶었는데, 안타깝게도 돈이 모자랐다. 내가 돈을 세며 주춤하니, 아저씨는 "그냥 있는 거만 줘."라며 호탕하게 웃으신다. 그리고 아저씨는 큰 컵에 아이스크림을 큼지막하게 덜어 주신다. 초코아이스크림은 진한 초코색에 초코칩들이 불규칙적으로 박혀 있다. 바나나 아이스크림은 진짜 바나나를 갈아 만들어 하얀색을 띠고 있었다.

나는 아저씨와 잡담도 나누고 같이 사진도 찍다가 아이스크림이 눈물을 흘리기 시작하여 서둘러 숙소로 복귀하였다. 숙소로 돌아오는 길, 나는 불현듯 느꼈다. 그렇다. 복면은 쓸 필요가 없었다.

과도한 경계심은 독!

깨달음

이과수

나비에서 우주를 발견하다

"가 보기 전에 죽지 마라."

7년간 자전거로 세계여행을 한 일본인 여행가가 쓴 책인데, 아주 감명 깊게 본 기억이 있다. 그 책은 나를 꿈꾸게 하고 인생에 가장 큰 영향을 끼친 책이었다. 책 속에는 이과수 폭포에 대한 묘사가 있었는데, 저자는 이과수 폭포가 가장 멋있었다고 극찬을 했기에 폭포에 대한 기대감이 컸다. 또한 2006년 수학시간에 작성했던 버킷리스트에는 세계 3대 폭포에 가는 것이 있는데. 오늘로서 하나를 지울 수 있게 되었다.

나는 경건한 마음으로 아침식사를 하고 근처 조그마한 슈퍼마켓을 찾아가 이과수 폭포에서 먹을 조촐한 간식거리를 챙겼다. 배가 고프면 아무리 아름다운 것이라도 눈에 들어오지 않기 때문이다. 만반의 준비를 마치고 방에 들어갔다. 폭포에 가면 다량의 물을 맞을 것을 예상해 카메라와 지갑 그리고 간식만 챙겨 숙소를 나왔다.

오늘은 이과수 폭포를 만나러 가기에 좋은 날씨이다. 공기는 얼마나 맑은지, 숨을 쉴 때마다 폐 안에서 노폐물들이 정화되어 나오는 기분이다. 버스터미널 쪽으로 걷다가 보인 공인택시를 타고 이과수 폭포 입구로 출발하였다. 택시비는 공식적인 요금이 정해져 있기 때문에 따로 흥정할 필요가 없었다.

공원 앞에 도착하여 입장 티켓을 구입했다. 드디어 내가 이과수 폭포에 입장한다. 입구에 들어가니, 제법 한산하다. 사람에게 이리저리 치이면 제대로 감상도 못할 것이라고 걱정했는데, 활동하기 아주 적당하다.

공원 안으로 들어가니, 관광안내소가 나온다. 이과수 폭포에는 높은 산책로와 낮은 산책로가 있다. 그리고 폭포의 하이라이트인 악마의 목구멍이 있는데, 나는 낮은 산책로를 도보로 구경한 뒤 국립공원 내에서 운행하는 열차를 타고 악마의 목구멍으로 가기로 계획했다.

이과수 국립공원 안에는 갈림길마다 표지판으로 길이 안내되어 있어 길 잃을 일은 없을 것 같았다. 공원 내부는 아까보다 더욱 투명한 공기를 자랑한다. 나는 본전을 뽑고 싶은 마음에 빠르게 숨을 쉬었다.

그리고 이과수의 또 하나의 즐거움, 코아티들이 나에게 몰려온다. 코아티는 이과수에서 서식하는 대표적인 야생동물이다. 너구리같이 귀여우면서도 날카로운 발톱과 이빨을 가지고 있어 만지면 위협적인 동물이다. 멀리서 10여 마리의 코아티들이 뒤뚱뒤뚱 걸어오

× 그래도 나에게는 자유가 있다 ×

이과수 국립공원에서 흔히 볼 수 있는 코아티와 "찰칵"

악마의 목구멍 입구

나비 날개에는 태양을 비롯해 별과 은하수가 그려져 있다

는데, 뾰족 튀어나온 주둥이와 멍한 표정이 귀여워서 쓰다듬어 주고 싶지만 공격에 위험이 있어 만져서는 안 된다. 나는 코아티들과 사진을 찍는 것을 목표로 삼고 코아티들에게 간청하여 겨우 둘이 나온 사진을 건졌다. 코아티들이 상당히 산만해 초점을 맞추는 데 굉장히 힘들었다.

나는 다시 산책로를 걸었다. 이어폰에서는 평소 좋아하던 곡인 윤종신의 〈수목원에서〉 음악이 흘러나오고, 숲길은 잎이 무성한 나무들이 아름답게 꾸며 준다. 한껏 숲을 즐기며 걷다 보니, 잠시 뒤 우렁찬 소리가 들려온다. 작은 폭포인데도 불구하고 엄청나다. 폭포가 맞닥뜨리는 강은 물살이 빠르고 무서워 자연에 대한 경외심을

돼지코가 그려진 나비

다시 한 번 느끼게 된다.

이과수의 아름다움에 반해 사진 욕심이 난 나는 볼리비아에서 구입한 값싼 디지털카메라를 꺼내 셔터를 연신 눌렀다. 액정이 물에 젖어 사진이 잘 찍히는지 확인되진 않지만, 고장 나기 전까지 열심히 찍어야겠다. 카메라는 이과수에서의 죽음을 불사하며 열심히 제 역할을 잘해 주고 있다.

나는 흰 티를 입었는데, 작은 폭포에서 물을 흠뻑 뒤집어써서 몸매가 노출되었다. 그래도 괜찮다. 여기는 이과수이니까! 어느새 나는 입가에 웃음이 가득했다.

나는 여러 폭포를 거쳐 드디어 열차를 타고 폭포의 하이라이트인 악마의 목구멍으로 향했다. 기차의 줄은 길지만 기차가 수용할 수 있는 좌석이 많아 모두가 탈 수 있었다. 열차는 객실이 있는 열차가 아니다. 한 칸에 서로 마주 볼 수 있도록 설계된 의자에 6~8명씩 탄다. 열차는 지붕만 있지, 사방이 뚫려 있다. 속도 또한 내달리기 속도와 비슷해 그리 위험하지 않다.

기차의 느린 속도 덕분인지, 형형색색의 나비들이 나를 따라온다. 신은 나비의 날개를 자신의 캔버스로 생각하셨는지, 나비 날개에는 그림 작품이 그려져 있다. 그런데 어느 꼬마 나비가 겁도 없이 내 팔뚝에 앉았는데, 나는 그만 나비를 보고 깜짝 놀랐다. 나비 날개에는 우주가 들어 있었다. 검은 바탕의 날개에는 은하수와 태양이 존재했다. 신성한 무늬를 지닌 나비였다.

깨달음

어쩌면 우리가 사는 우주는 나비의 날개일 수도 있지 않을까.

이과수

지구의 블랙홀 이과수 폭포

　드디어 악마의 목구멍 입구에 도착했다. 폭포와 조금 더 가까워
지자, 세상에서 듣지 못했던 강력한 저음의 진동이 나의 심장을 흔
들어 춤을 추게 한다. 폭포 전망대에서는 사람들이 폭포가 만들어
낸 비를 맞으며 쉬고 있다. 나는 사람들을 헤집고 드디어 악마의 목
구멍을 두 눈으로 직접 보게 되었다.

　힘이 센 폭포는 초록의 물빛들을 하얗게 질리게 해 하얀 포말들로
만들어 버렸다. 폭포는 물이 떨어지는 것이 아니라, 양털 뭉치들이
거침없이 쏟아져 내려오는 느낌이다. 이제껏 봤던 폭포들은 모두
다 어린이 폭포라는 게 실감이 난다. 나는 난간에 서서 이과수 폭포
를 바라보았다. 모든 것을 빨아들일 것 같은 이과수 폭포⋯⋯.

　나는 한동안 말없이 폭포만 바라보았다. 영화 〈해피투게더〉에서
는 이과수 폭포를 사랑의 종착지로 표현했지만, 사랑하는 사람과

바늘과 실, 연필과 지우개 그리고 이과수와 무지개

모든 것을 집어 삼키는 지구의 블랙홀 이과수 폭포

함께 오지 못한 주인공은 이과수 폭포에서 아픔을 버렸다. 이과수 폭포는 지구의 블랙홀이다. 나도 차근차근 하나씩 버렸다. 이기심, 그릇된 과욕, 안 좋은 습관들, 그리고 잊지 못했던……. 모두를 던져 버렸다. 폭포는 군소리 없이 모든 것을 삼켜 준다.

　나도 모르게 눈시울이 붉어지고 눈물이 나온다. 이제야 여행의 마지막이라는 게 실감이 된다. 나는 그냥 마음껏 울었다. 이과수는 하늘에서 작은 물방울들을 뿌려 내 눈물을 지워 주며 다독여 준다. 눈물의 흔적이 폭포의 다독임에 지워져 버린다.

　마지막 열차 시간이 되어 나는 기차역으로 아무 말 없이 돌아갔다. 이과수 폭포에서 자연풍경에 감동받아 감탄사만 연발하고 올 줄 알았는데, 생각보다 묵직한 기운이 내 마음속 한가운데 자리 잡았다.

　열차를 타고 돌아가는 길, 우주나비는 변함없이 따라온다.

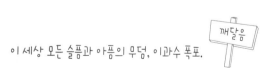

이 세상 모든 슬픔과 아픔의 무덤, 이과수 폭포.

이과수

맥주의 왕

　이과수 폭포를 구경한 후, 나는 허기가 져서 아사도를 먹으러 갔
다. 레스토랑은 굉장히 고급스럽지만 가격이 저렴해 마음껏 아사도
를 주문했다. 그리고 '킬메스'라는 아르헨티나 대표 맥주를 주문했
다. 킬메스는 아르헨티나 내에서 맥주 점유율을 60%나 차지하는
아르헨티나 국민 맥주이다.

　병 주둥이 부분이 일반 병보다 널찍한 게 시원스럽다. 병에는 시
원함과 잘 어울리는 아르헨티나 국기색인 파란색과 하얀색이 바탕
을 이루며 '킬메스'라고 적혀 있다. 병을 따고 한 모금 입에다 댔다.
병 주둥이가 넓어 마시기보다는 들이켰다는 표현이 어울리겠다. 맥
주는 굉장히 시원하고 적당한 청량감과 보리향이 가득한 아르헨티
나 특유의 풍미가 가득했다. 살타맥주와 비교했을 때, 더욱더 곡물
향이 강하고 부드러웠다.

아르헨티나의 대표맥주 "킬메스"

몇 년 전 유럽 일주를 할 때 세계에 내로라하는 유럽 맥주들을 다 마셔 보았지만, 유럽 맥주와 비교해 보아도 킬메스는 뒤떨어지지 않는다. 아사도와 같이 마시려고 주문한 맥주였지만, 음식이 나오기 전 입을 한번 대고 나니 다 마셔 버렸다. 나는 한 병 더 주문했다. 이번에는 아사도와 맥주가 같이 나왔다.

언젠가 회사에 기술을 배우러 온 나이지리아 연수생들을 본 적이 있다. 사내 식당에서 함께 밥을 먹는데, 음식이 입맛에 맞았던지 조용히 수저를 들고 있는 우리들 사이에서 연수생들은 흥에 겨워 노래를 부르며 밥을 먹었다. 나는 이제야 비로소 그 기분을 이해할 수 있었다. 음식이 흥도 돋을 수 있구나! 아사도와 아르헨티나 최고의 맥주 킬메스를 마시는 동안 내 어깨는 수직상하운동을 열심히 반복했다. 어깨와 턱의 환상적인 수직운동으로 아사도는 순식간에 뱃속으로 빨려 들어갔다.

식사 중 호들갑 떨지 말자.

깨달음

이과수

꼭두새벽 거리에 울리는 폭발음

늦은 새벽, 방음력 0인 방 안에서 이상한 기운에 잠이 깼다. 바깥을 보니, 산악오토바이의 기괴한 배기음 소리가 도시 전체를 울린다. 그러더니 어디선가 강력한 폭발음이 터졌다. 불꽃놀이는 아니다. 분명 TNT폭탄이 터지는 소리였다. 그 소리와 진동이 커서 나는 순식간에 잠이 깼다. 브라질 접경지대라 유독 더 경계가 된다.

곧이어 두 번째 폭발음이 터진다. 소리가 워낙 강력하여 심장을 콩알만 하게 만든다. 하지만 도시는 아무 일 없다는 듯 다시 조용해진다. 커튼 사이로 창문 밖을 슬그머니 보니, 숙소 앞에는 봉고차 한 대가 서 있다. 어쩐지 느낌이 좋지 않다. 나는 방문을 걸어 잠그고 의자로 막은 뒤 창문 앞에서 경계를 섰다.

이번에는 세 번째 폭발음이 들려온다. 이번 폭발음은 숙소와 가까운 곳에서 시작된 것 같다. 창문틀 사이에 고개만 빼꼼 내밀고 상황주시를 하는데, 폭발음 뒤에 아무 일 없다는 듯 도시는 다시 조용해진다. 참 희한한 일이다. 비명소리라도 들리면 도망이라도 갈 텐데, 이상하리만큼 조용하다. 나는 섣부른 행동을 금하고 상황을 예의주시하면서 뜬눈으로 긴긴밤을 지새웠다.

해가 뜨니 어느덧 공포는 사라지고 거리에는 사람이 하나둘씩 보인다. 나는 방문을 막고 서 있는 의자를 치운 뒤 로비로 나갔다. 로비에는 잘생긴 청년이 아침 인사로 반겨 준다. 나는 스페인어 사전을 들고 어젯밤 일을 설명했다. 청년은 내 말을 알아들은 뒤 한참을 웃는다. 그리곤 청년은 사전을 보여 주며 몸짓발짓으로 나에게 오늘 새벽의 일에 대해 설명해 준다. "어젯밤 우리 축구팀이 원정경기에서 승리하여 울린 축포야"

흔히 팀이 이겼거나 우승을 하면 불꽃놀이나 폭죽을 터뜨릴 텐데, 오늘 새벽 그 소리는 분명 폭발물이 터지는 소리였다. 다시 한 번 물었더니, 본인도 들었다고 한다. 축포란다. 아르헨티나는 참 화끈한 것 같다. 반대로 원정축구팀이 졌더라면? 상상도 하기 싫다.

훌리건의 무서움 / 깨달음

이과수

인종차별에 대처하는 방법 FINAL

　여행이 얼마 남지 않은 날, 꿀꿀한 기분에 아이스크림가게를 찾아 초코아이스크림을 주문했다. 초코는 이런 내 마음을 알까? 내가 얼마나 사랑하는지…….

　아이스크림을 먹고 있는데, 7~8명 정도의 남자 무리들이 아이스크림 가게로 들어온다. 그런데 나를 보자마자 다시 나가더니, 나를 보고 시시덕거린다. 나는 안 그래도 마지막 날이라 기분이 가라앉아 있었다. 무리 중 한 명이 친구들과 한참을 웃다가 아이스크림 가게로 들어와 나에게 조롱을 한다.

　나는 아이스크림을 내팽개치고 그에게 다가가 주의를 주었다. 그 친구는 아무 말 안 했다는 뉘앙스로 비웃는다. 나는 다시 자리에 앉아 그들을 지켜보고 있었다. 그들은 여전히 동양인을 조롱하고 있었다. 수위가 더 심해져 이번에는 아예 동물 흉내를 낸다. 나는 여행을 좋게 마무리하고 싶어서 자리를 일어나 가게를 나왔다.

　하지만 가게를 빠져나가는 도중에도 그 청년들은 나를 더욱더 자극했다. 뒤돌아보니 욕설을 내뱉고 있었다. 이왕 이렇게 된 거, 이판사판이다. 나도 참을 수 없어 패거리에게 달려가 주동자의 멱살을 잡았다. 나머지 사람들을 둘러보니, 조금의 반성의 기미도 없이 미간을 찌푸리고 있다. 나는 물러날 생각이 없었다. 청년은 숨쉬기가 곤란한지 캑캑거리고, 주위 사람들이 나를 말린다. 인종차별은 절대 해서는 안 된다. 싸움이 커지는 동안 어느새 경찰이 출동하여 나를 패거리에게서 떼어냈다. 나는 경찰에게 인종차별에 대해 강하게 어필했다. 나는 배낭여행을 다니면서, 인종차별을 당해 본 적이 없었다. 그런데 유독 아르헨티나에서는 많이 당했다. 경찰이 다시 나를 끌고 가 진정하라고 한다. 경찰이 차분하게 나를 가라앉힌 뒤, 차근차근 설명을 해 준다. 하지만 당연히 알아들을 수가 없다! 만일 경찰이 와서 말리지 않았다면, 오늘을 평생 잊지 못하게 될 뻔했다.

　마지막 날, 길거리 싸움으로 나는 기분이 더욱 가라앉았다.

깨달음

인종차별에 대처하는 가장 좋은 방법은 무시였다.

여행의 종착지, 부에노스 아이레스

〈불독맨션의 부에노스아이레스〉는 내가 좋아하는 노래 중 하나이다. 음악 도입 부분에 프로펠러 경비행기가 이륙하는 소리와 함께 음악이 시작되는데, 2002년 처음 이 노래를 들은 나는 그날 이후로 항상 부에노스아이레스에 대해 꿈꿔 왔다.

창문 밖에는 비가 추적추적 내리고 있었다. 비행기가 완전히 정지된 뒤, 나는 설렘을 가득 들고 공항으로 나섰다. 국내선이라 다른 절차 없이 짐만 챙겨들고 나왔다. 이제 부에노스아이레스에서 하룻밤만 보내면 모든 여정이 마무리된다.

오늘 마지막 숙소로는 한인 민박집에서 자고 싶었다. 나는 공항 버스를 타고 시내로 나갔다. 버스가 20분쯤 달렸을까, 창밖에는 부르마블에서 보던 오벨리스크가 보인다. 나는 오벨리스크 근처가 시내일 것 같은 생각에 버스에서 내렸다. 나의 생각은 적중했다. 조금 걷다 보니 플로리다 거리가 나온다. 책에서 봤던 거리이다. 부에노스아이레스의 명동쯤 된다. 날씨는 어느새 햇빛이 쨍쨍한 날씨로 바뀌었고, 거리의 사람들도 북적북적하다.

내가 첫 번째로 해야 할 일은 가지고 있는 모든 돈을 아르헨티나 페소로 바꿔야 한다. 거리에서는 환전을 뜻하는 "깜비오, 깜비오!"를 외친다. 나는 환전상을 붙잡고 환율을 물었다. 환전상들은 처음에는 환율을 낮게 쳐주다가 거리가 끝이 다가올수록 높게 불렀다. 나는 환율이 터무니없이 높은 것은 왠지 문제가 있을 것 같아 적정선에서 타협을 봤다. 환전상이 주머니 속 깊은 곳에서 돈을 꺼내서 나에게 건넨다.

나는 햇빛에 지폐를 비춰 위조인지 확인을 하는데, 환전상이 불같이 화를 내더니 꼬깃꼬깃 쥐어준 달러를 다시 되돌려준다. 그리고 가라고 한다. 내가 의심을 해서 화가 났나? 아니, 돈을 바꾸면 그럴 수도 있지, 대체 뭐가 문제일까? 이상했다. 진짜 위조지폐라서 그랬을 수도 있겠다는 생각이 들어 앞으로 더 꼼꼼히 확인해 봐야겠다 싶었다.

길이 끝나갈 쯤 다른 환전상이 접근해 온다. 환율을 물어보니 높게 쳐준다. 그래서 거래에 들어가려는데, 갑자기 자신을 따라오라는 것이다. 여기는 위험하다고 한다. 뭐가 위험하냐고 물어도 답하지 않고, 무작정 나를 끌고 건물 어딘가로 들어간다. 건물 안에는 사람들이 우글우글 밥을 먹고 있었다. 우리는 바깥에서 잠긴 자물쇠를 풀고 가게 안으로 들어갔다.

가게 내부에는 몇 개의 기념품들이 전시되어 있고, 할머니 한 분

부에노스 아이레스의 어느 지하철역

이 기다리고 계신다. 약간 무서운 마음이 들어 왜 여기까지 와야 하는지 묻자, 환전상은 요즘 단속이 심하다고 한다. 암환율 시장을 정부에서 단속을 하고 있다는 것이다. 그래서 아까 거리에서 지폐를 검사하는 모습에 환전상이 화를 낸 것이었다.

　환전을 했으니, 이제 아사도를 또 먹어야 한다. 아니, 앞으로 남은 끼니는 무조건 아사도로만 끝을 볼 예정이다. 거리에는 악사, 축구공으로 개인기를 하는 사람 등 다양한 군상이 넘쳐나, 사람 구경을 하기에 제격인 거리다. 거리 한편에는 고급스럽게 차려진 아사도집이 있는데, 분위기가 좋아 보여 무작정 들어갔다. 내가 이렇게 사치를 부릴 수 있는 것은 바로 아사도가 저렴하기 때문이다.

가게 안은 맛집이라 그런지 사람들이 가득 차 있다. 나는 자리를 겨우 잡고 아사도를 주문했다. 이제는 육즙이 살아 숨 쉬는 레어도 잘 먹는다. 아사도는 믿음직한 충신 같다. 언제 어디에서 먹어도 절대 실망시키는 법이 없다. 식사를 끝낸 뒤, 이제 숙소로 가야 한다.

　나는 지하철을 타고 이동해 보기로 했다. 남미에서 처음 타는 지하철이다. 우리나라 서울에서 지하철을 탈 수 있으면 전 세계 어느 지하철을 타도 길을 잃어버리지 않는다는 이야기 때문에 자신이 있었다. 숙소에서 가장 가까운 역을 찾아 지하철을 탔다. 부에노스아이레스의 지하철은 건설된 지 오랜 시간이 지난 탓에 가까이서 보면 낡았지만, 전체적으로 봤을 때 빈티지한 멋에 클래식한 아름다움이 있었다.

　열차는 정겨운 소리를 내며 나의 목적지에 내려다 주었다. 숙소는 지하철역에서 3분 거리. 숙소 앞에는 조그마한 태극기가 붙어 있다. 초인종을 누르니 한국인 할머니께서 문을 열어 주신다. 할머니는 얼마나 정이 많은지, 예약을 떠나 일단 된장국에 밥부터 먹으라고 하신다. 나는 할머니께 예약을 안 해서 방이 없으면 밥을 못 먹는다고 말했더니, 할머니는 마침 4인실이 비워져 있어 거기서 자면 된다고 하신다. 다행히도 일이 잘 풀렸다.

　나는 짐을 풀어 놓고 할머니가 해 주시는 밥을 안 먹을 수가 없었다. 할머니는 우리뿐만 아니라 투숙객인 모두를 불러 밥을 주셨다. 아사도로 꽉 차 있던 위 속에 한국의 정이 좁은 틈을 비집고 들어왔다. 오랜만에 한국인을 만나니 어색하면서도 반가웠다. 나는 투숙객과 밥을 먹으면서 간단하게 통성명을 나눴다. 타지에서의 한인 게스트하우스는 편안한 고향집 같다.

나는 마지막 남은 하루를 알차게 보내기 위해 고민을 했다. 게스트하우스에는 부에노스아이레스 여행 정보와 각각의 여행자들의 노하우가 적혀 있었다. 나는 일단 다시 시내로 나가기로 했다. 오벨리스크를 시작으로 무작정 걸을 생각이다. 옷을 다시 챙겨 입은 나는 지하철을 타고 오벨리스크로 갔다.

오벨리스크 앞 도로는 얼마나 넓은지, 넓이가 144m인데, 명칭은 '7월9일대로'다. 세상에서 가장 넓은 도로란다. 나는 큰길을 무작정 걸었다. 거리는 '남미의 파리'라고 불릴 만큼 유럽건축양식의 건물들이 즐비해 마치 파리에 온 듯한 기분이 든다. 나는 책에서 봤던 '세상에서 가장 아름다운 서점'을 찾기로 했다. 바로 'el ateneo' 서점이다.

이곳은 1919년 5월 'teatro gran splendid'라는 오페라극장으로 오픈을 했다가 그 후 2000년도에 서점으로 리모델링을 했다고 들었다. '세계에서 가장'이라는 타이틀은 나의 호기심을 자극하기에 충분했고, 서점을 찾아 나섰다. 생각보다 걸을 만한 거리였다.

10분쯤 더 걸어 세상에서 가장 아름다운 서점 앞에 섰다. 서점 안에는 형광등이 아닌 주황빛의 조명이 켜져 있어, 제법 낭만적인 분위기가 연출됐다. 서점에 들어서자 멀리서 피아노 소리가 들려온다. 서점 끝 옛 오페라 무대에는 카페가 운영되고 있다. 무대 위에서 한 남성이 아름다운 연주를 하며 서점의 로맨틱함을 더해 주었다. 큰 돔 형식의 서점 천장에는 이탈리아 화가의 그림이 그려져 있었다. 근대건축물인 서점은 국가의 유산으로 지정해도 손색없을 만

세상에서 가장 아름다운 서점 EL ATENEO

큰 충분히 아름답고 낭만적이었다.

스페인어를 이해하기 힘든 나는 그림과 사진이 많이 있는 책을 골라 자리 한구석을 잡고 앉아 책을 보았다. 조명과 클래식음악이 집중력을 최고점으로 이끌어 준 덕분에, 시간 가는 줄 모르고 예술작품 사진을 보는 데 정신이 팔렸다. 뭔가에 고도의 집중을 하는 것은 굉장히 오랜만인 것 같았다.

밖은 어느덧 껌껌하다. 이제는 돌아가야 할 시간이다. 숙소로 돌아가는 길. 이토록 낭만적인 부에노스아이레스에서 단 하루밖에 보낼 수 없다는 사실에 커다란 아쉬움이 몰려왔다. 그러다 길거리의 한 카페를 지나가는데, 달달한 라틴음악이 나온다. 나는 발걸음을 멈추고 카페에 들어가서 따뜻한 코코아 한 잔을 시키고 노천 테이블에 앉아 지나가는 사람들을 구경했다.

서류가방을 들고 바쁜 발걸음을 옮기는 회사원, 주인과 짧은 다리로 힘겹게 산책하는 강아지, 서로의 눈만 봐도 웃음이 나오는 거리의 연인들. 이 모두가 이곳을 부에노스아이레스답게 해 준다. 만일 나에게 인생에서 시간을 멈출 수 있는 기회를 준다면, 지금 이 순간 멈추고 싶었다. 일상생활에서 한걸음 비켜 나와 다른 사람들의 일상을 바라보니, 미묘한 감정이 얽힌다. 나도 한국에 돌아가면 저들처럼 사회의 한 구성원으로서 제 역할을 하며 살아야 한다. 그래서 지금만큼은 마냥 멈추고 싶었다.

카페에서 제법 시간을 보낸 후 지하철을 타고 숙소에 돌아오니, 사람들은 저마다 무리를 이뤄 청춘을 즐기고 있었다. 샤워를 하고 나니 늦은 시간이다. 나는 배가 출출해 숙소 밖에서 치즈감자 그라탕과 간식을 사 와 꼭대기 층에서 조용히 먹었다. 날씨가 그리 춥지 않아 옥상에 올라가 바닥에 앉아 그동안 여행을 하며 보냈던 시간들을 정리해 보았다.

리마의 첫발을 딛었던 설렘, 말로 형용할 수 없는 광활한 자연의 아름다움 와라즈, 다양한 동식물들과 친구가 되게 해 준 이키토스, 잉카인들이 세상에 남긴 도시 쿠스코, 말 많고 탈 많았던 라파즈, 세상의 가장 큰 거울 우유니사막……. 돌이켜보니 나를 감탄하게 만들고 감동하게 만들었으며, 살아 있다는 것에 감사함을 느끼게 해 준 것들이었다. 내 인생에 또 하나의 그림을 그려준 남미 여행

나는 이번여행을 통해 어떻게 살아가야 할 것인가에 대한 답을 찾고 싶었다.

"어떻게 사는 것이 정답일까?" "잘산다는 것은 무엇일까" "행복의 기준은 무엇이지?"

여행의 마지막 밤 부에노스아이레스가 한눈에 보이는 옥상 난간에 걸터앉아 자문자답을 해보지만 정답을 찾을 수 없었다. 나는 카메라를 꺼내 30일간의 추억을 보았다. 사진 속에서는 항상 웃고 있는 나의 모습이 보인다. "그래 나는 미처 알지 못했다." 여행은 사진을 통해 항상 나에게 속삭이고 있었다. "이렇게 사는거야"

일상으로의 복귀

언제 그랬냐는 듯 나는 대한민국 평범한 직장인으로 돌아와 어느새 사무실에서 모니터와 씨름을 한다. 전화기는 단 하루만 살 것 같이 하루 종일 울어댄다. 모든 것이 다시 바삐 돌아간다.

수십 통의 메일이 날아오고 서류를 정리하느라 정신이 없다. 심신이 지쳐 터덜터덜 돌아온 집, 샤워를 하고 컴퓨터 책상에 엎드려 보니 모니터 옆에 나무늘보 조각이 나를 보고 환하게 웃고 있다. 아마존에서 있었던 생생한 기억들이 떠올라 갑자기 에너지가 샘솟는다. 핸드폰 벨소리가 울려 바라보니, 핸드폰 배경사진으로 등록된 와라즈의 69호수 사진은 나를 또 한 번 설레게 한다.

냉장고를 열려는 참이면 소금 자석이 눈앞에 나타나 볼리비아의 새하얀 소금사막을 연상하게 해 준다. 옷장을 열면 쿠스코에서 구입했던 따뜻한 색감의 스웨터가 쿠스코의 야경을 떠오르게 해 준다.

비록 나는 일상으로 복귀하여 지내고 있지만, 남미 여행에서 만든 추억들은 내가 살아가고 있는 삶의 청량제가 되어 평범한 삶을 비범한 삶으로 바꿔 주고 있다. 여행은 내 자신을 사랑하는 방법을 알려 주었다.

우리는 단 한 번뿐인 삶의 스케치북에 저마다 다른 물감으로 그림을 그리고 있다. 물감은 경험이다. 살아가면서 다양한 경험은 그만큼 다양한 물감이 되어 삶을 스케치하는 데 더욱더 풍성하고 아름답게 표현할 수 있게 해준다. 나는 앞으로 내 삶의 무모한 도전과 멋진 경험들로 아름다운 물감을 만들어 내 삶을 멋지게 표현할 것이다.

2006년 3월 14일

5교시 잠이 쏟아지는 수학시간에

1. 대통령 만나기

2. 1개 이상의 외국어 완전 정복하기

3. 사막에서 길 잃어 보기 √

4. 부모님을 위해 갈비찜 만들어 보기

5. 보트 조종법 배워 바다에서 석양 보기 √

6. 동창회 참석하기

7. 나만의 토지 구입하여 나무 심기

8. 자전거 완전분해 후 재조립해보기 √

9. 굴삭기 운전해 보기 √

10. 무인도에서 문명과 단절된 채 생활해 보기

11. 영화에 출연해 보기

12. 수영으로 한강 건너기

13. 강단에 서서 강연해 보기 √

14. 회 뜨는 법 배우기 √

15. 시민단체에서 활동해 보기 √

16. 변호사 되기

17. 많은 사람들 앞에서 노래해 보기

18. 졸업 후 은사님 찾아뵙기 ✓

19. 불평등하거나 사회 부조리 공공기관에 신고하기 ✓

20. 경매에 참여하기

21. 남북극점에 도달하기

22. 세계 3대 폭포 (나이아가라, 이과수, 빅토리아) 가 보기

23. 아마존강에서 수영하기 ✓

24. 낚시로 1m급 물고기 잡아 보기

25. 행복한 가정 꾸리기

26. 30대 이전에 재산세 내기 ✓

27. 바닷속 10m 프리다이빙해 보기 ✓

28. 단 하루 재벌처럼 살아보기 ✓

29. 3일 금식하기

30. 부모님 해외여행 보내 드리기 ✓

31. 코끼리 귀 만져 보기

32. 킬리만자로 만년설 밟아 보기

33. 산악자전거 국가대표 선발전 1등해 보기 ✓

34. 밤하늘의 인공위성 육안으로 찾아보기 ✓

35. 신혼여행 필리핀으로 가기 (by 요트)

36. 해외에서 한국 전통 상품 팔아 보기 ✓

37. 내손으로 목조주택 짓기

38. 장기기증 신청하기

39. 요트로 세계일주하기

40. 추운 겨울 한라산에서 썰매 타고 내려오기 ✓

41. 해병대 가기

42. 사회생활 시작하면 한 달에 일정금액 기부하기 ✓

43. 담배 피지 않기 ✓

44. 펭귄과 수영하기

45. 톤이 좋은 사람 뮤직비디오 촬영지 가 보기 ✓

46. 세계 최고 높이의 번지점프에서 뛰어내리기

47. 불도저 운전해 보기 ✓

48. 투자기업의 주주총회 가 보기

49. 프랑스 미녀와 대화하기 ✓

50. 한국에 없는 상품 수입해서 판매해 보기

51. benz 타기

52. 근현대사 완벽하게 이해하고 암기하기

53. 타워크레인 운전해 보기 ✓

54. 수능 모든 과목 1등급 맞기

55. 자식들에게 아름다운 추억 많이 만들어 주기

56. 10m 다이빙대에서 뛰어 보기 ✓

57. 슈퍼마리오 오리지널 버전 끝판 깨기 ✓

58. 머리카락 하얗게 탈색하기 ✓

59. 국가 자격증 10개 이상 취득하기 ✓

60. 벨기에에서 초콜릿 먹기 ✓

61. 소신을 가지고 정당 활동하기 ✓

62. 에베레스트 정복하기

× 2006년 3월 14일 5교시 장이 쏟아지는 수학시간에 ×

63. 대기권 밖으로 나가 보기

64. 백화점에서 부모님 옷 사 드리기

65. 대학 등록금 스스로 내기

66. 해외 교환학생 가 보기 √

67. 활화산 탐험하기 √

68. 나가사키 가서 짬뽕 먹기 √

69. 얼룩말 엉덩이 만지기

70. 자식들 학원 보내지 않고 내가 가르쳐주기

71. 친구들 결혼식 사회 봐 주기

72. 마추픽추 가기 √

73. 근육량 60kg까지 늘리기

74. 라디오 방송 진행해 보기

75. 덩크슛 성공하기 √

76. 윤종신 콘서트 가기

77. 5,000권 이상의 책 정독하기

78. 빙하 먹어 보기 √

79. 오로라 보기

80. 개구리 트라우마 극복하기 √

81. 마라톤 풀코스 완주하기

82. kiesuke kuwata 만나기

83. 카지노에서 돈 잃어 보기 √

84. 아내와 존댓말 사용하기

85. 개그콘서트 방청객으로 가기

86. 레게머리 하기 √

87. 고용인 100명 이상의 사업체 운영하기

88. 어머니에게 좋은 차 사드리기 √

89. 시장에 할머니 떨이 모두 구입하여 조기 퇴근시켜 드리기 √

90. mtb로 백플립 성공하기

91. 삼국지 5번 읽기

92. 단체사회에서 잘못된 점 있으면 고치기

93. 결혼식장에서 결혼하지 않기

94. 자동차 기본 정비 배우기

95. 세상에서 가장 아름다운 야경 찾기 √

96. 한 달간 절에서 묵언수행하기

97. 외국인 친구 사귀기 √

98. 돈 대신 사람 선택하기

99. 남의 시선 의식하지 않고 스스로가 주체가 되는 삶 살기

100. 야스쿠니……. √